나를 흔든 그 한마디

◇ 당신은 언제나 옳습니다. 그대의 삶을 응원합니다. – 라의눈출판그룹

초판 1쇄 | 2019년 12월 12일

지은이 | 정남구
펴낸이 | 설응도　　편집주간 | 안은주
영업책임 | 민경업　　디자인 | 박성진

펴낸곳 | 라의눈

출판등록 | 2014년 1월 13일 (제2014-000011호)
주소 | 서울시 강남구 테헤란로78길 14-12(대치동) 동영빌딩 4층
전화 | 02-466-1283　　팩스 | 02-466-1301

문의(e-mail)
편집 | editor@eyeofra.co.kr
영업마케팅 | marketing@eyeofra.co.kr
경영지원 | management@eyeofra.co.kr

ISBN 979-11-88726-42-4 03810

정남구

에세이

들어가는 글

옷깃을 여미며

'여미다'는 바로 합쳐 단정하게 하는 행동이다. 대표적인 쓰임이 '옷깃을 여미다'이다.

우리는 옷고름을 고쳐 매면서 그 안쪽에 있는 마음을 다스린다. 그래서 옷깃을 뜻하는 금襟이란 한자엔 마음이란 뜻도 있다. 도度는 크기를 뜻하니, 금도襟度란 남을 이해하고 받아들이는 아량, 즉 포용력이다.

금도는 제 안에 갖추고 남에게 베푸는 것이다. 금도를 갖춘 사람은 자신에게 엄격하고, 타인에겐 관대하다. 남의 잘못을 지적할 때도 선을 지킬 줄 안다. 『채근담』엔 지조를 지키는 일을 두고도 '엄정하고 밝아야 하지만, 과격해선 안 된다'는 옛 현인의 충고가 실려 있다.

금도를 내다 버리면 천박해진다. 가끔은 거울 앞에 서서 옷깃을 여미는 일이 그걸 막을 좋은 예방약이 된다. 천양희 시인은 「옷깃을 여미다」라는 제목의 시에 이렇게 썼다.

비굴하게 굴다 정신 차릴 때 옷깃을 여민다.
인파에 휩쓸려 하늘을 잊을 때 옷깃을 여민다.
마음이 헐한 몸에 헛것이 덤빌 때 옷깃을 여민다.

나는 어느 때 옷깃을 여미는가?
생명의 경외 앞에서, 모든 벽을 뛰어넘는 사랑의 힘 앞에서, 한계를 받아들이고 슬픔을 삭힐 줄 아는 인간의 겸허 앞에서 나는 옷깃을 여몄다. 그리고 또 어떤 지극히 소박한 아름다움이 몸과 마음을 통째로 흔들어놓을 때, 그런 나를 추스르느라 옷깃을 여몄다.

이 책은 바로 그런 순간들을 기록한 것이다. 내가 직접 경험한 이야기도 있고, 다른 사람들의 이야기도 있다. 내가 흔들려, 내 안에서 흘러나온 그 한마디도 있다. 그것들을 모아두고 희로애락으로 마음에 격정이 일 때마다 다시 읽으며, 나는 평화를 얻곤 했다.

나는 이미 쉰 해를 넘겨 살았다. 그러나 여전히 미혹에 빠져들고, 하늘의 뜻을 제대로 읽지 못하여 헛손질을 하고선 얼굴을 붉히는 그저 그런 사람이다. 다만 그런 나를 있는 그대로 받아들이려고 애쓰며 산

다. 그래야 타인에게 더 관대할 수 있다고 믿기 때문이다.

생각해보면, 인간이란 얼마나 불완전한 존재인가.

어떤 눈 밝은 이가 나보고 '그렇게 흔들리면 어떡하냐'고 타박하던데, 천성이면 어쩔 도리가 없다.

오늘도 거울 앞에 다시 서서, 찬찬히 옷깃을 여민다. 마음 깊은 곳에 이 말이 맴돌고 있다.

"네가 아프지만 않다면, 나는 아무래도 괜찮다."

2019년 12월

차례

들어가는 글 — 004

밥 — 012
일어나 — 014
별들의 노래 — 016
살아야겠다 — 020
생명의 순환 — 023
손의 기억 — 024
'꽃' 자 하나는 잘 씁니다 — 026
쉴 틈 — 027
뿌리 — 028
이럴 때 모인다 — 030
하늘 아래 가장 위대한 너 — 032
그 광부를 구해야 한다 — 034
살아 있으라 — 037
그대 같은 햇살 — 038
배역 — 040
부러지지 말자 — 042
욕망이라는 이름의 전차 — 044
기대고 싶은 날 — 046
나란히 걸어요 — 047
바다가 짜졌어 — 048
볼수록 예쁘다 — 050
하늘에 맹세합니다 — 051
넓어져라 하늘 — 052
인연 — 054
사랑의 세금 — 055
항아리가 죽었다 — 056
꽃이 피다니 — 058
간절한 바람 — 062
스며들다 — 064
사랑하는 것은
불법이 아니잖아요 — 065
사랑이 세상을 만들었을까? — 066
그리움 — 068
제가 책임집니다 — 070
지나간 사랑 — 072
봄비 — 074

오겡끼데스까 — 078
가을의 이별 — 080
달에 울다 — 082
그대의 상냥함이 두려웠어 — 084
천리를 배웅해도 — 087
절이 싫은 게 아니다 — 088
태풍이 오면 선장을 본다 — 089
우리 피도 따뜻하다 — 090
붓을 꺾는다 — 092
진실을 말하라 — 096
바닥이 평평하면 — 097
가슴 속 한 마리 새 — 098
유토피아 — 100
조국 — 102
마음씨 — 105
마음의 밑바닥을 두드리면 — 106
마음가짐 — 108
새와 놀다 왔노라 — 111
어느 날 — 114
착한 사람 — 116
하늘에 빌다 — 118
모르는 소리 — 119
너에겐 내가 있어 — 120
꽃만 말고 — 123
사랑한다 — 124
하늘인들 힘이 있나 — 126
처자식이 있으니 — 128
겁의 인연 — 130
가난한 집에 오셨군요 — 132
사랑 없이도 살 수 있나요 — 136
내가 오광을 했냐? — 139
할 말은 많지만 — 140
소리도 보내드려요? — 143
따뜻한 시 한 잔 — 146
신은 가난을 만들지 않았다 — 149
저마다 사연이 있어 — 150

겸허 — 152
모란향 — 154
세일즈맨이 가진 것 — 156
젊음, 돈 — 157
즐겨라 — 158
집 — 161
버려진 새집 — 164
좋은 리더 — 166
다름 — 167
기쁨에겐 귀가 없다 — 168
지구가 둥글다니 — 170
이카루스가 되자 — 172
거울 — 175
슬픔과 분노 사이 — 176
세월호 — 180
돈데 보이 — 182
깊은 물은 고요하다 — 184
사람을 달에 보내는
일을 돕고 있다 — 186
카탈루냐의 새들은 '피스peace
피스peace' 하고 운다 — 188
눈송이 하나의 무게 — 190
핵을 머리 위에 — 192
브로큰 하트 — 193
눈이 펑, 펑 — 194
울었어! — 196
해조차 빛이 변했구나 — 198
여보 고마워요 — 200
우렁각시 — 202
어른이니까 — 204
호미의 쓸모 — 206
황매실의 향기 — 207
꽃길 — 208
바다 — 210
꿈에 떡 얻어먹기 — 211
울지 마라 — 212
나눠 먹어야 — 213
아류 — 214

새해 첫 일몰 — 218
속이 보이는가 — 220
나에겐 꿈이 있습니다 — 222
용서도 힘이 있어야 할 수 있다 — 224
정치인 시험 — 227
깨끗한 손, 더러운 손 — 228
큰 선은 비정함을 닮았다 — 230
신념 — 232
바람이 나를 데려가게 해주세요 — 234
죽은 이는 부디 눈을 감고 — 237
철의 여인 — 238
세상의 진실 — 240
경지에 이르면 — 242
뜨는 해, 지는 해 — 244
유명해지는 걸 두려워하라 — 247
어머니 무릎에 오르는 아이처럼 — 248
비우기의 어려움 — 251
LOVE — 254
보답 — 255
5할 타자는 없다 — 256
오늘이 그날 — 258
천국엔 술이 없다 — 260
잘 될 거야 — 262
죽고 싶지 않아 — 265
죽기도 쉽지 않다 — 268
우리 모두 늙고 죽는다 — 270
죽음 앞에 선 인간 — 272
삶은 보물이다 — 275
소중한 순간 — 276
내일도 살고 싶다 — 278
그것이 죄일까? — 282
돌아오세요 — 284
돌아가다 — 286
첫눈 — 288

#001

밥

"시계 밥 좀 줘라."

태엽시계의 태엽을 감아주라는 말을 할머니는 그렇게 하셨다.

"밥 주라"고,

"밥을 먹어야 산다"고.

밥 먹었냐?

#002

일어나!

이 세상 모든 것이
다 까맣게만 보이던 그 밤,
그이한테서 메시지가 왔다.

"퍼뜩 네 생각이 나서,
쓰러져 있는 눈사람을
달려가 일으켜 세웠다."

#003

별들의 노래

어느 날 밤, 아프리카 남서부 칼라하리 사막에서 부시맨°들과 함께 있던 로렌스 반 데르 포스트는 이렇게 털어놓았다.

"내겐 별들의 노랫소리가 들리지 않아."

부시맨들은 그의 말이 도무지 믿기지 않았다.

농담이거나 거짓말이겠지, 하면서

살짝 미소 띤 얼굴로 그의 표정을 살펴보았다.

농사지어 놓은 것도 사냥한 것도 거의 없어 먹고사는 게 변변치 않은, 부시맨 중 두 사람이 그를 모닥불에서 멀리 떨어진 언덕으로 데리고 갔다.

그리곤 함께 밤하늘 아래 서서 귀를 기울였다.

° 남아프리카의 보츠와나, 나미비아, 앙골라, 잠비아, 짐바브웨, 레소토, 남아프리카공화국 일대에 산재해 있는 원주민 중 하나로 수렵 채집 생활을 한다. 정식 명칭은 산족Saan peoples인데 '수풀bush 속에 사는 사람'이라는 의미에서 부시맨으로 알려졌다.

그 중 하나가 속삭였다.

"이젠 들리지?"

포스트는 귀를 기울여 들어보았다.

그는 의심스런 사람이 되고 싶지는 않았지만 들리지 않는다고 대답할 수밖에 없었다.

부시맨들은 마치 아픈 사람 대하듯 천천히 그를 어두컴컴한 모닥불가로 다시 데려갔다. 그러고는 말했다.

"참으로 안되었네."

그는 자신이 가련하게 여겨졌다. 조상들이 원망스러웠다.

그들은 언제부턴가 듣는 능력을 잃어버렸고, 그리하여 자신도 이제는 별들의 노랫소리를 듣지 못하게 되어버린 것이었다.

미국 작가 데이비드 웨이고너David Wagoner(1926~)° 가 쓴 「별들의 침묵The Silence of the Stars」이란 시의 앞부분이다.
당신은 아직 별들의 노랫소리를 들을 수 있는가?

° 데이비드 웨이고너의 시는 로렌스 반 데르 포스트Laurens van der Post(1906~1996)가 경험한 이야기를 소재로 쓴 것이다.
포스트는 남아프리카공화국에서 보어인(네덜란드계 백인)의 후손으로 태어나 그곳에서 자랐다. 어린 시절부터 부시맨과 가까이 지낸 그는 남아공의 인종차별 정책에 반대했다. 1928년 런던으로 이주한 뒤, 인종과 사상으로 분열된 남아공의 비극적 현실을 다룬 소설을 써서, 소설가로 데뷔했다. 이후 기자와 소설가로 활약했다. 1950년과 1952년에는 영국 정부의 요청으로, 1955년에는 자비로 칼라하리 사막을 탐험했다. 『칼라하리의 잃어버린 세계The Lost World of the Kalahari』와 『아프리카의 검은 눈동자The dark eye in Africa』 등의 책을 써서, 부시맨에 대한 서양인의 오해와 편견을 깨기 위해 애썼다.

강원도 태백에 갔다가

밤하늘을 보고 깜짝 놀랐다.

세상에, 지금도 별이 뜨는구나!

#004 살아야겠다

재패니메이션의 산실 지브리 스튜디오를 이끌어온 미야자키 하야오 감독이 2013년 「바람이 분다風たちぬ」를 마지막 작품으로 내놓고 은퇴했다. 태평양 전쟁 때 일본의 주력 전투기가 된 제로센의 설계자 호리코시 지로의 가슴 아픈 사랑 이야기를 다룬 작품이다.

제목은 이야기가 꽤 비슷한 호리 다츠오堀辰雄의 중편소설에서 따왔다.

호리 다츠오는 소설의 주인공이 읊조리는 폴 발레리의 시 「해변의 묘지」의 한 구절Le vent se lve! Il faut tenter de vivre!○을 가져다 소설의 제목으로 썼다.

성귀수 시인은 이 구절을 이렇게 번역했다.

○ 호리 다츠오는 이 구절을 일본어로 "風立ちぬ いざ生きめやも"라고 번역했다. "바람이 불었다. 살아야 하나?" 정도의 의미다.

"바람이 일어난다! 살아야겠다!"[○]

내겐 한대수의 노래 '행복의 나라로'의 한 구절이 더 절절하게 다가온다.

"아, 나는 살겠소. 태양만 비친다면!"

어떻게든 살아야 한다.

○ 성귀수 역, 『폴 발레리 시선: 바람이 일어난다! 살아야겠다!』(아티초크, 2016)

#005

생명의 순환

어느 날 아침, 무파사는 아들 심바와 함께 사바나를 걸으며 왕의 자리를 물려받을 아들에게 '생명의 순환circle of life'에 대해 이렇게 가르쳤다.

무파사 이 세상의 모든 존재는 섬세한 균형을 이루며 함께 살아가고 있단다. 왕은 그 균형을 이해하고, 모든 피조물을 존중해야 한다. 조그만 개미부터 큰 들소까지 말이다.

심바 하지만 아빠, 우린 들소를 먹잖아요.

무파사 그래, 심바. 하지만 들어 봐라. 우리가 죽으면 몸이 썩어 풀이 되고, 들소는 그 풀을 먹고 살지. 결국, 우리 모두가 자연의 섭리 속에 연결되어 있단다.

– 월트 디즈니 애니메이션 「라이온 킹」에서

#006 손의 기억

20년 만에 만난
그이가 말했다.

"네 손은 여전히 따뜻하구나."

#007

‘꽃’ 자 하나는 잘 씁니다

초등학교 때 받아쓰기를 할 때마다
제가 ‘꽃’이라고 쓴 글자를 선생님이 이상하다고,
무조건 틀렸다고 하셔서 마음이 많이 아팠습니다.
그래도 그것 때문이었는지,
제가 비록 악필이지만,
‘꽃’ 자 하나만은 그 어느 서예가보다
이쁘게 잘 씁니다.

- 페이스북 친구 김주철님의 말

#008 쉴 틈

휘영청 밝은 달을 구경하는데,
지나가는 구름이 달을 가렸다.

마쓰오 바쇼°는 그 순간에 대해 이렇게 썼다.

"구름이 달구경 하는 사람한테
잠시 쉴 틈을 주네."

° 마쓰오 바쇼松尾芭蕉(1644~1694)는 일본 에도 시대 초기의 하이쿠 시인이다.

#009

뿌리

벼가 익어가면서 왜 고개를 숙이는지
김용만 시인이
알려주셨다.°

"머리가 무거워서가 아니다.
뿌리를 땅에 두었기 때문이다."

° 김용만 시인이 페이스북(2019년 8월 28일)에 올린 글을 허락을 얻어 싣는다.

#010

이렬 때 모인다

다산 정약용(1762~1836)이 한양 소룡동에 집을 산 것은 스물여섯 살 때인 1787년 5월의 일이다.

이 집에서 다산을 중심으로 위아래로 나이 차가 네 살 이내인 십오 명이 1796년께 시 창작 모임을 결성했다.

화원을 둘러싼 죽란(대나무 난간)에서 이름을 따, 죽란시사竹欄詩社라 했다.

이들은 이럴 때 꼭 만나기로 약조했다.

"살구꽃이 막 피면 한 번 모이고,
복숭아꽃이 막 피면 한 번 모인다.
한여름에 참외가 익으면 한 번 모이고,
막 서늘해지면 서지西池 연꽃 구경하러 한 번 모인다.
국화가 피면 한 번 모이고,
겨울철 큰 눈이 내리면 한 번 모이며,
세밑에 화분에 심은 매화가 꽃망울을 터트리면 한 번 모인다."

우리는 언제 모일까?

#011

하늘 아래 가장 위대한 너

쿤타 킨테는 1750년 서아프리카 캄비아 강 유역에 있는 주푸레 마을에서 만딩카 족 쿤테 가문의 맏아들로 태어났다. 열일곱 살 때 영국의 노예 사냥꾼들에게 붙잡혀, 140여 명과 함께 80여 일간의 지옥 같은 항해를 거쳐 미국 메릴랜드 주 아나폴리스 항구로 끌려갔다. 거기서 850 달러에 윌리 농장의 노예로 팔렸다. 쿤타는 마흔 살에 윌리의 주방 일을 돌보던 벨과 결혼해 딸을 낳았다.

쿤타 킨테는 그의 혈관 속에서 아프리카적인 것이 고동치고 있음—자신으로부터 그의 분신인 아기에게 흘러가는 것—을 느끼면서 발길을 멈추고 담요 한 귀퉁이를 벗겼다. 그리고 조그맣고 까만 아기의 얼굴을 하늘로 향하게 하고 만딩카어로 크게 외쳤다.
"보라, 너보다 위대한 유일한 것을!"°

오래 전 쿤타가 태어났을 때, 그의 아버지도 그렇게 외쳤을 것이다. 저 하늘 말고는, 너보다 위대한 것이 없다고.

소설 『뿌리』를 쓴 알렉스 헤일리는 쿤타 킨테의 7세손이다.

° 알렉스 헤일리 지음, 안정효 옮김, 『뿌리』(문학사상사, 1998)

#012

그 광부를 구해야 한다

2010년 8월 5일, 칠레 수도 산티아고에서 북쪽으로 450km 떨어진 곳에 있는 코피아포 시 산호세 구리광산에서 붕괴사고가 일어났다. 작업 중이던 광부 31명과 트럭 운전수, 조수 등 모두 33명이 지하 700m 갱도 안에 갇혔다. 그들은 약간의 비상식량만 지닌 채, 뜨겁고 습한 갱도 안에 고립됐다.

사고 소식을 듣고 각국에서 도움의 손길을 내밀었다. 도처에서 기술자와 자원봉사자가 찾아와 지원에 나섰다. '페드로 가요'라는 사업가는 자신이 개발한 초소형 전화기를 지하로 보내 광부들과 통화를 성사시켰다.

세바스티안 피녜라 칠레 대통령은 이렇게 말했다.

"인간이 할 수 있는 모든 방법을 동원해 당신들을 살려내겠다."

사고가 난 지 69일 만인 10월 13일, 아프가니스탄에서 우물을 파던 미국 기술자들이 지하로 뚫은 구멍을 통해, 갱도에 갇혀 있던 사람들은 구조 캡슐을 타고 전원 무사히 살아 돌아왔다.
칠레 전역의 교회가 일제히 종을 치고 거리의 자동차들은 경적을 울렸다.

생텍쥐페리Antoine de Saint-Exupéry는 「삶의 의미A Sense of Life」(1956)에서 이렇게 썼다.

"무너져 내린 갱목 아래 짓눌린 광부의 작은 머릿속엔 하나의 세계가 들어 있다. 부모, 친구들, 집, 저녁에 마시는 뜨거운 수프, 축제일에 부르는 노래, 살가운 친절과 분노, 아마 사회의식과 위대한 보편적 사랑도 그 안에 거주하고 있을 것이다.
어떻게 우리가 한 사람의 값어치를 측정할 수 있겠는가?
우리 선조들은 한때 동굴 벽에 순록을 그려놓았다. 20만 년이 지난 뒤에도 그 몸짓은 우리를 감동하게 한다. 인간의 몸짓은 영원한 봄이다. 비록 그를 구하려다 우리가 죽게 되더라도, 우리는 그 광부를 구해야만 한다."

#013

살아 있으라

"너는 피투성이라도 살아 있으라."

– 구약성서 「에스겔」 16장 6절

#014

그대 같은 햇살

어여쁜 그대 같은 햇살을

여기 가둬 두었다.

도망 못 간다.

#015

배역

한 대학교수가 나이트클럽이란 곳에 처음 놀러갔다.
가슴에 '조용필'이란 이름표를 단 웨이터가 달려와 인사를 했다.
"사장님 어서 오십시오. 조용필입니다."

교수님은 '사장님'이란 말이 귀에 거슬려,
웨이터를 보고 이렇게 말했다.
"이봐요, 난 사장이 아니오. 그렇게 부르지 마시오."

웨이터는 예상치 못한 반응에, 잠시 주춤했다.
그러곤 다시 말을 이었다.

"알겠습니다. 사, 사장님, 아, 주문은 어떻게 할까요?"
교수님은 웨이터의 '사장님'이란 말이 여전히 귀에 거슬렸다.
교수님은 웨이터를 한번 노려보고는 목소리를 높여 말했다.
"이봐, 나 사장 아니라잖아."

웨이터는 천천히 허리를 곧게 펴고는 교수의 눈을 바라보았다.
그러고는 이렇게 말했다.

"그럼, 저는 진짜 조용필입니까?"

나이트클럽에서는 교수님도, 김 부장도, 건달도, 진짜 사장도 모두 '사장님'이 되어야 한다.
그것이 그가 맡은 그날의 배역이기 때문이다.

#016

부러지지 말자

"사각거리면서
부러지지 않는 것이 되자!"

김장 배추를 절이며 마음을 다졌다.

김장 배추를 뽑으러 밭에 갔다가

어느 부지런한 이가 그려놓은 그림을 보았다.

#017

욕망이라는 이름의 전차

"욕망이라는 이름의 전차°는
종착역이 없어요!"

『정치학개론』의 저자로 유명한 이극찬 선생(1924~2009, 연세대학교 교수·명예교수)께서 생전 강의에서 자주 하신 말씀이다.
인간의 욕망엔 끝이 없다고.

° 테네시 윌리암스의 희곡 제목이다.

#018

기대고 싶은 날

2013년 7월 7일 영화 「남영동 1985」 도쿄 상영회가 열렸다.
재일동포로서 모국에 공부하러 갔다가 고문을 당하고 간첩으로 몰려 감옥살이를 한 이들 여럿이 고통스런 과거를 떠올리게 할 게 뻔한데도 영화를 보러 왔다.
영화 상영이 끝나고, 한 시간 넘게 어찌할 줄 모르고 근처를 어슬렁거리다 탄 전철 안에서 이런 광고 문구가 내 눈에 들어왔다.

"힘들 때는 센 척 하지 말고,
마음을 기대고 싶다."°

그래야 마땅하다.

° つらい時には强がらずに甘えたい.

#019 나란히 걸어요

그이가 보낸 편지는 이 짧은 한 문장이 전부였다.

"나란히 걸어요."

'나와 손잡고'라는 말은 없었지만,
마음에 한줄기 강이 생겨나 흘러가기 시작했다.

#020

바다가 짜졌어

어느 해 늦은 여름 해질녘, 어른들을 따라 줄포° 의 갯벌에 게를 잡으러 다녀온 미아美兒가 삶은 고둥(다슬기)을 가득 담은 바가지를 들고 나를 찾아왔다.

내가 물었다.

"바다는 어떻디?"

미아는 말했다.

"작년보다 더 짜졌어."

어린 미아는 바닷속에 소금 맷돌이 돌고 있다는 동화 속 이야기를 믿었던 것일까?

° 전라북도 부안군에 있다.

세월이 좀 더 흐른 뒤, 나는 그 바다가 보이는 산에 올라 처음으로 바다를 보았다. 바다는 은갈치의 비늘처럼 눈부시게 빛나고 있었다. 산꼭대기 절에 치성을 드리러 온 사람들이 바다를 향해서도 두 손을 모았다. 문득 한 생각이 머리를 스쳤다.

"그렇지. 사시사철 들녘을 적신 땀과 저마다 사연이 있어 숨어 흘린 눈물이 다 어디로 갔겠는가."

#021

볼수록 예쁘다

"오래 보아야 예쁘다. 너도 그렇다"고
나태주 시인은 시에 썼더라.

너는 그렇지 않다.

"볼수록 더 예쁘다."

#022

하늘에 맹세합니다

"내가 당신과 서로 알게 되고부터는
오래 살며 언제까지나 마음 변치 않기를 바랍니다.
산에 언덕이 없어지고 강물이 그 때문에 말라
겨울에는 천둥이 우르렁거리고 여름에는 눈이 내리며
하늘과 땅이 합쳐지는 세상 끝날이 오면
할 수 없이 그대와 헤어지리다."

『악부시집』에 수록된, 중국의 고시 '하늘에 맹세합니다'(上邪, 상야로 읽는다)이다. 중국 민간에서 부르던 사랑 노래다.

#023

넓어져라, 하늘

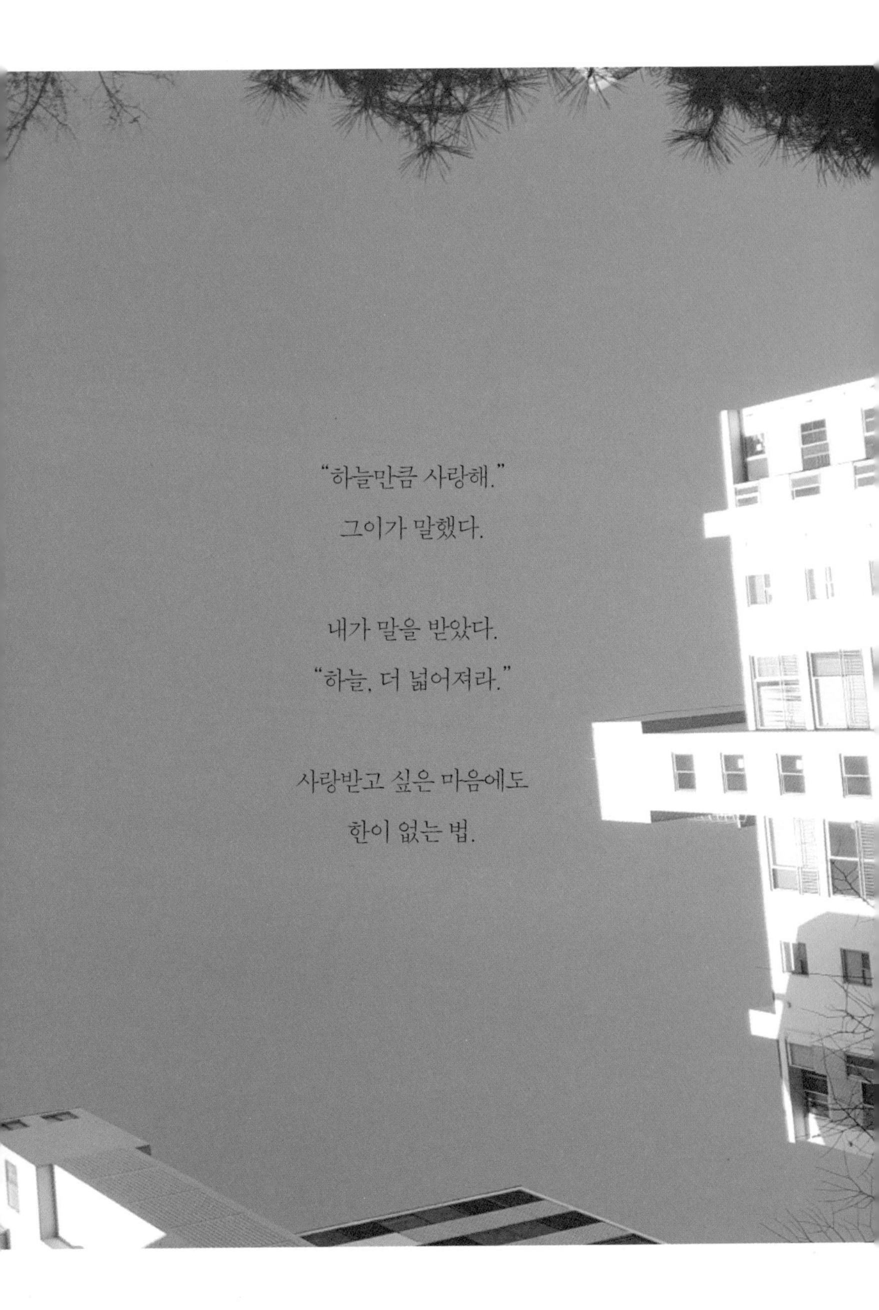

"하늘만큼 사랑해."
그이가 말했다.

내가 말을 받았다.
"하늘, 더 넓어져라."

사랑받고 싶은 마음에도
한이 없는 법.

#024

인연

"우주의 시간에 견줘 인생은 짧으니
시간 허비하지 말라고
신은 인연을 미리 다 만들어 두셨다 합니다.
당신이 내 인연인가요?"

새벽 풀잎 끝에 이슬이 맺히듯
그이가 내게 왔다.

#025

사랑의 세금

"사람의 마음을 사로잡았다면
설령, 그가 애초 내가 생각하던 그런 사람이 아니라 해도
세금 같은 것이라고 받아들이고 있어."

- 요시모토 바나나 『만월滿月 - 키친2』에서

#026

항아리가 죽었다

손가락으로 항아리를 툭 툭 두드려보시던 어머니가
큰일났다는 듯이 말씀하셨다.
"워~메, 항아리가 죽었네."

항아리에선 둔탁한 소리가 났다.
살아 있다면 맑은 소리가 났을 터인데.

뒤뜰 동백나무 옆에 그릇 무덤이 있었다.
깨진 접시와 사발, 금이 간 항아리들이
서로 손을 잡은 듯 나란히 잠들어 있었다.

#027

꽃이 피다니

"올해도 꽃이 피다니,

올해 또 꽃이 피다니,

이뻐 죽겠어!"

왜 내가 좋아하는 음악은

마이너 코드(단조)가 많을까?

나는 '마이너 인생'인 걸까?

세상이야 어떻든 나는 둥굴래.

모나지 않고…

(이 식물의 이름은 둥굴레다)

#028

간절한 바람

백화만발百花滿發하면 뭘 해,

그대 마음

열리지 않는다면.

#029

스며들다

활활 불꽃을 피워 서로 태워버리는 사랑이 있고,
서서히 서로 스며드는 사랑이 있다.

그이는 말했다.

"다음 생엔
옥비녀로 태어나서
당신 머리에
꽃으로나 피고 싶어요."

스며드는 사랑이 좋다.
스며들 수 있는 사람이 좋다.

#030

사랑하는 것은 불법이 아니잖아요

량자웨이(왕가위) 감독의 영화 「일대종사」에서 '궁가 64수'의 유일한 후계자 궁이(장쯔이 분)는 생의 마지막 국면에 영춘권의 전승자인 예원(엽문, 량차오웨이 분)과 재회했다.

아버지를 배신하고 죽음에 이르게 한 마삼을 징치하기 위해 약혼도 깨고, 사랑도 제쳐뒀던 궁이는 뒤늦게 "제 마음속엔 당신밖에 없어요"라고 속마음을 털어놓았다.

그러고는 이렇게 덧붙였다.

"사람을 좋아하는 것은 불법이 아니잖아요."

궁이는 "몸조심하세요"라고 마지막 인사를 하고 떠났다.

등을 보이고 떠나는 궁이를 불러, 한마디만 물어보고 싶었다.

"불법이라면 안 좋아했을까요?"

#031

사랑이 세상을 만들었을까?

밀란 쿤데라의 소설『천사THE FAREWELL PARTY』제1장「사랑」편은 이 문장 하나가 내용의 전부다.

"사랑이 세상을 만들었을까?"

작가들은 가끔 바보 같은 질문을 한다.

#032

그리움

그리움은 먼저 몸을 태우지만

그보다 더 아픈 것은

마음이 재로 변하는 것이다.

– 은사 공광은 선생님의 글

#033

제가 책임집니다

1910년 음력 7월 30일 청도에 사는 김법순金法淳이 한 장의 각서(수표手標라 했다)를 썼다. 한 여인을 데려가기 위해서였다.

"본인은 귀 댁에서 식모살이°를 하는 김푼수金粉守와 사랑을 약속한 바 있습니다. 이 여자는 어려서부터 큰 병이 있었는데 평생 머물러 일해주기로 하고 귀 댁에서 세 차례에 걸쳐 치료를 해주어, 그 약값이 삼백 냥에 이르렀다고 합니다. 지금 이 여자를 데려가려니 부득이 약값을 대신 내야 하는 까닭에, 정확하게 삼백 냥을 내고 데려간 뒤에 만약 옛 병이 재발하거나 다른 일이 생겨도 물리거나 후회하지 않겠다는 뜻으로 이 문서를 작성하고 두 사람이 손 모양을 그려 증빙으로 삼습니다."

° 원문에 용녀傭女라고 쓰여 있다. 신분상 여종(婢)은 아니고 집에 머물며 일해주는 사람이란 뜻으로 보아 '식모살이'라고 해석했다.

김법순과 김푼수는 각서의 왼쪽 여백에, 왼쪽 손바닥을 대고 붓으로 손 모양을 나란히 그려 넣었다. 앙증맞은 손 모양처럼, 잘 살았을 것이다.

LH 토지주택박물관이 개관 20주년을 맞아 2017년 12월부터 1년간 '옛 문서에 담긴 사랑 이야기' 전을 개최했는데, 그곳에 전시된 옛 문서의 내용이다.

#034

지나간 사랑

쿠바의 전설적인 싱어송라이터 마리아 테레사 베라María Teresa Vera(1895~1965)가 부르고, 나중에 부에나비스타소셜클럽의 오마라 포르투온도Omara Portuondo와 콤빠이 세군도Compay Segundo가 불러 유명해진 노래 '베인테 아뇨스Veinte años'(20년이란 뜻)는 이런 가사로 시작한다.

"더 이상 나를 사랑하지 않는다면
예전에 사랑했다는 게 무슨 상관인가요.
이미 지나간 사랑은 기억해선 안 되겠지요."

그런데 사랑이,
잊고 싶다고 어디 그리 쉽게 잊히던가.

#035

봄비

오랜 봄 가뭄 끝에 단비가 내렸다.
마루에 앉아 처마 밑으로 떨어지는 빗방울을 보며
할머니가 중얼거리셨다.

"비님 오시네.
봄비님 오시네.
깨 팔러간° 우리 영감은 안 오시네.
영영 안 오시네."

○ '깨 팔러가다'는 '죽다'의 전라도 방언이다. '황천장黃泉場에 깨 팔러 갔다'라고도 한다.

地酒

한 송이 꽃처럼 왔다 가려는가

한 편의 시처럼 살다 가려는가

한줄기 강처럼 흘러 가려는가

#036

오겡끼데스까

언젠가는 저 달이 바람에 닳아 없어지고
태양도 다 타버릴 것이다.
별들마저 다 떨어지고 난 허공에 대고,
그래도 우리는 외칠 것이다.

"오겡끼데스까?"
"오겡끼데스까?"

이와이 슌지 감독의 영화 「러브레터」에서, 주인공 와타나베 히로키는 사랑하는 사람을 데려가 버린 눈 덮인 산 앞에서 옛사랑을 향해 '오겡끼데스까?'(안녕하세요?)라고 소리쳐 안부를 묻는다.

"오겡끼데스까(안녕하세요)?"

그러고는 결국, 이렇게 덧붙인다.

"와타시와 겡끼데~스(나는 잘 지내요)."

떠난 사람은 떠난 사람이고, 우리는 또 살아야 한다.
누군가가 계속 그리워하는 사람은
결코 소멸하지 않는다.

#037

가을의 이별

나무 위에 둥지 튼 새도 떠나고

가을이 시퍼렇게 운다.

나는 울지 않으려고 하늘을 본다.

#038

달에 울다°

한때는 달에 울고,
한때는 달에 웃다.

그 달에,
그 사람이.

° 『달에 울다』는 일본의 작가 마루야마 겐지의 소설 제목이다.

#039

그대의 상냥함이 두려웠어

1973년 일본의 3인조 포크 그룹 '가구야 히메'가 간다가와神田川란 노래를 발표해 공전의 히트를 기록했다.

그룹의 리더 미나미 고세츠는 작사가 기타죠 마코토가 30분 만에 만든 가사를 전화로 듣자마자 멜로디가 떠올라 순식간에 곡을 완성했다.

도쿄 간다강 가의 아주 작은 집에서 연인과 동거하던 가난한 젊은 시절을 추억한 노래다.

"당신은 이미 잊었을까
빨간 손수건 목에 두르고
둘이서 갔던 골목길 목욕탕

같이 나오는 거야, 했지만
언제나 내가 기다려야 했지.
감은 머리칼 속까지 얼음이 맺혔고
작은 비누는 따각따각 소릴 냈어.
당신은 내 몸을 껴안고는
추워, 라고 말했지."

이 노래의 후렴구는 이렇다.

"젊었던 그 시절, 아무것도 두렵지 않았어.
단지, 그대의 상냥함이 두려웠지."

상냥함이 두렵다?

사람들은 해석했다.

경제적으로 어려운 생활을 연인이 언제까지 견뎌낼 수 있을까, 불안해한 것이라고.

작사가인 기타죠 마코토는 훗날 설명했다.

학생운동에 뛰어들어 낮이면 경찰 기동대와 맞서 격렬한 데모를 하느라 여념이 없던 그 시절, 새벽녘에 집에 돌아오면 학생운동과는 거리를 둔 연인이 평온하게 카레라이스를 만들고 있었다고. 그 평온한 생활에 마음을 빼앗길까봐, 자신의 신념이 흔들릴까봐 두려웠다고.

#040

천리를 배웅해도

"천리 길을 따라나서 배웅해도,

끝내 이별하긴 마찬가지인 것을…."

送君千里 終須一別(송군천리 종수일별)

『수호전』에서 연청이 관충과 이별할 때, 관충이 이별을 아쉬워하며 계속 따라오자 만류하며 한 말이다.

#041

절이 싫은 게 아니다

사람들은 말한다.
"절이 싫으면 중이 떠나야지."

어느 회사의 인사 부서에서 오래 일한 이는 이렇게 말했다.
"절이 싫은 게 아니야. 주지 스님이 싫은 거지!"

#042

태풍이 오면 선장을 본다

"태풍이 칠 때, 선원들은 파도를 보지 않고 선장의 얼굴을 본다."

스물세 살에 무급 항해사로 시작해 선장으로, 경영인으로 살며, 참치 원양어업으로 일가를 이룬 동원그룹 김재철 회장의 말이다.

#043

우리 피도 따뜻하다

1980년 5월, 광주 민주화운동 때의 일이다.

공수부대의 총에 맞고, 대검에 찔리고, 박달나무 목봉에 머리가 깨진 시민들로 전남대병원, 조선대병원, 기독병원이 가득 찼다.

수혈할 피가 떨어졌다는 소식에 시민들의 헌혈이 줄을 이었다.

공용터미널이 있던 대인동은 18일, 19일 가장 치열한 항쟁터였다.

그곳에는 서울의 영등포역이나 청량리역처럼 사창가가 있었다. 거기 여성들이 헌혈을 하러 병원으로 몰려갔는데, 병원에서 난색을 표했다.

사창가에서 일하던 여성들이 말했다.

"우리 피는 피가 아니냐? 우리 피도 따뜻하다!"

여성들은 줄지어 헌혈을 했다.

그랬다.

5월 항쟁 당시 광주고 2학년이었던 나는 풍향동 백림약국 앞 큰길에서 그 말을 분명하게 들었다.

북 칼럼니스트이자 소설 『박사성이 죽었다』를 쓴 작가 최보기의 회고다.

#044

붓을 꺾는다

우리는 보았다.
사람이 개 끌리듯 끌려가 죽어가는 것을
두 눈으로 똑똑히 보았다.
그러나 신문에는
단 한 줄도 싣지 못했다.
이에 우리는 부끄러워 붓을 놓는다.

1980년 5월 20일
전남매일신문 기자 일동
전남매일신문 사장 귀하

전남매일신문 기자들은 집단으로 사표를 쓰고, 이를 약 2만 장 인쇄해 광주의 금남로에 뿌렸다. 21일 전남매일신문 발행이 중단됐다.

6월 2일 다시 발행된 전남매일신문에 김준태(당시 전남고 교사)의 33행짜리 시 「아아, 광주여!」가 실렸다. 애초 109행짜리 「아아, 광주여 우리나라의 십자가여!」라는 제목의 시였으나 계엄당국의 검열에 3분의 2가 잘려나갔다.

농사일에 늘 바빴던 내 어머니도
나를 업어주셨을까?
기억나지 않는다. 그래도 알 것 같다.
눈부신 햇살을 피해
누군가의 등에 얼굴을 파묻을 수 있을 때가
가장 행복하다는 것을.

우리 삶에

허기진 날이 없다면

크레파스에 빨간색이 빠진 것과

뭐가 다르겠는가.

#045

진실을 말하라

“진실을, 모든 진실을, 오직 진실만을 말하라. 바보 같은 진실은 바보같이 말하고, 마음에 들지 않는 진실은 마음에 들지 않게 말하고, 슬픈 진실은 슬프게 말하라.”

프랑스 시인이자 사상가 샤를 페기(1873~1913)° 가 『시골에서 보낸 편지Lettre du provincial』에 쓴 글이다.

「르몽드」를 창간한 위베르 뵈브 – 메리는 또 이렇게 말했다.
“저널리스트는 진실을 말하기 위해 존재한다. 비록 그가 위험을 감수해야 할지라도, 아니 위험을 감수해야 한다면 더욱.”

° 샤를 페기는 드레퓌스 사건 때 ‘정의와 진리파’에 가담하여 에밀 졸라, 장 조레스 등과 함께 드레퓌스의 재심을 위해 싸웠다.

#046

바닥이 평평하면

人平不語 水平不流

(인평불어 수평불류)

사람을 공평하게 대하면 뒷말이 없고,

바닥이 평평하면 물이 흐르지 않는다.

중국 명나라 후기에 일상생활 속의 속담과 명언, 명구를 모아 편찬한 작자 미상의 책, 『석시현문昔時賢文』에 나오는 글이다.

#047

가슴 속 한 마리 새

1455~1485년에 걸쳐 영국의 랭커스터 가와 요크 가 사이에 왕위 쟁탈전이 치열하게 벌어졌다. 랭커스터 가 문장이 붉은 장미, 요크 가 문장은 흰 장미여서 30년간 이어진 이 전쟁을 장미전쟁이라고도 부른다.

1464년 4월 25일, 잉글랜드 북쪽 해질리 무어Hedgeley Moor에서 두 세력 간 전투가 벌어졌다. 병력은 양쪽 모두 오륙천 명으로 비슷했다. 랭커스터 군은 랄프 퍼시Ralph Percy(425~1464), 헝거포드, 루스, 그레이가 지휘했다. 뱀버러Bamburgh 성주 랄프 퍼시가 우익과 선봉을 맡았다.

그러나 전투가 시작되자마자 쏟아진 화살비에 랭카스터 군의 좌익과 중군은 무너지고, 병사들은 대부분 달아나버렸다. 랄프 퍼시는 가신과 함께 마지막까지 싸우다 전사했다. 그는 죽음을 앞두고 이렇게 말했다고 한다.

"내 가슴 속의 새 한 마리는 끝까지 지켰노라I have saved the bird in my bosom."

우리는 '가슴 속의 새 한 마리'를 '양심', 또는 '신의'로 해석한다. 저마다의 가슴 속에 있는 그 새는 한 번 날개를 펴고 울기 시작하면 아무것도 두려워하지 않는다. 칼로도 총으로도 그 새의 울음을 멈출 수 없다. 그래서 세상은 끝내 불의를 용서하지 않는다.

#048

유토피아

미국의 철학자 로버트 노직은 『아나키, 국가, 유토피아Anarchy, State and Utopia』° 에 이렇게 썼다.

"비트겐시타인, 엘리자베스 테일러, 버트란트 러셀, 토마스 머튼, 요기 베라, 피카소, 모세, 아인슈타인, 소크라테스, 간디, 붓다, 프랭크 시나트라, 콜럼버스, 당신, 그리고 당신 부모.°° 진정 이 사람들 각자에게 최선best인 하나의 삶이 존재할까?
이들 모두가 당신이 지금까지 접한 어떤 유토피아에 산다고 상상해 보라.
이들 모두가 거주하기에 최선인 사회를 그려보라.
그 사회는 전원적일까 도시적일까?

° 남경희 역의 국역본 제목은 『아나키에서 유토피아로』이다.

°° 로버트 노직은 책에서 '당신과 부모' 외에 36명을 열거했으나, 여기서는 일부만 표시했다.

물질적으로 풍요한 사회일까 아니면 기본적 욕구만 충족되는 금욕적 사회일까?
이성간의 관계는 어떨까? 결혼 비슷한 제도가 있을까? 있다면 일부일처제일까? 자녀들은 그들의 부모에 의해 양육될까?
사유재산은 존재할까?
평온하며 안정된 삶일까, 아니면 모험, 도전, 위험, 영웅심을 발휘할 기회가 있는 삶일까?
종교가 존재할까? 있다면 하나일까 여럿일까? 종교의 중요성은 어느 정도일까?
사람들은 그들의 삶에서 사적 관심을 더 중요하게 여길까, 공적행위나 공공정책의 문제들을 더 중요하게 생각할까?"

노직의 질문은, 이상적인 세계를 꿈꾸는 이들을 아프게 한다.

#049

조국

"조국은 땅이 아니다. 땅은 그저 그 토대에 불과하다.
조국은 이 토대 위에 세운 이념이다.
그것은 사랑에 대한 사상이며, 그 땅의 자식들을 하나로 엮어내는 공동체에 대한 의식이다.

당신 형제들 가운데 어느 누구라도 투표권이 없어 나라 일에 자신의 의사를 전혀 반영할 수 없다면, 어느 누구라도 교육받은 자들 사이에서 교육받지 못한 채 고통 받고 있다면, 그리고 어느 한 사람이라도 일할 수 있고 또한 일하고자 하는데도 일자리가 없어 가난 속에서 하는 일 없이 지내야 한다면, 당신에게 당신이 가져야 하는 그런 조국은 없는 것이다.

모두의, 모두를 위한 조국을 당신은 갖고 있지 못한 것이다.”

이탈리아를 외세의 지배에서 해방시키고 단일 공화국으로 통합하기 위해 애쓴 주제페 마치니Giuseppe Mazzini(1805~1872)의 말이다.

마치니의 기준에 따르면, 우리는 아직 ‘조국’을 갖고 있지 못하다.

#050

마음씨

마음씨란 단어에

갑자기

가슴이 뭉클해졌다.

“씨가 나쁘면, 꽃이 좋을 리가 없다”는

생각이 들었기 때문이다.

#051

마음의 밑바닥을 두드리면

"태평해 보이는 사람들도
마음의 밑바닥을 두드려 보면
어딘가 슬픈 소리가 난다."

- 나쓰메 소세키의 소설 『이 몸은 고양이야吾輩は猫である』에서

#052

마음가짐

텃밭 농사를 지어보니, 이 말에 무릎을 탁 치게 되었다.

"미워하여 뽑아내려 하면 풀 아닌 게 없지만,
좋게 여기고 보면 꽃 아닌 게 없다."

惡將除去無非草(오장제거무비초)
好取看來總是花(호취간래총시화)

증산 강일순의 말이다.

보천교 간부를 지낸 이중성이 쓴 『천지개벽경』과 강증산의 행적을 기록한 증산도의 경전 『도전』° (3:97:4)에 기록돼 있다.

○ 『도전』은 증산의 제자인 김형렬이 응석과 고집 부리기가 심한 다른 제자 김갑칠을 매우 심하게 꾸짖자 강증산이 달래며 이 말을 하였다고 기록하고 있다.
강증산은 이 말에 이어 "말은 마음의 소리요, 행동은 마음의 자취라 말을 좋게 하면 복이 되어 점점 큰 복을 이루어 내 몸에 이르고, 말을 나쁘게 하면 화가 되어 점점 큰 재앙을 이루어 내 몸에 이르느니라"라고 가르쳤다 한다.

#053

새와 놀다 왔노라

옛날에 새와 이야기를 나눌 줄 아는 한 청년이 있었다. 그는 새들과 노느라 집으로 돌아가야 할 때를 자주 놓쳐 아내의 구박을 받곤 했다. 그날도 아내의 구박을 받고는 진실을 털어놓았다.

"새들과 놀다 왔지."

아내는 어이가 없었다. 결코 그의 말을 믿을 수 없었다. 자기와 함께 가서 새와 노는 것을 직접 보여 달라고 했다.
청년은 결국 아내를 데리고 새가 있는 바닷가로 갔다. 그러나 새들은 더는 그에게 날아오지 않았다. 그의 마음에 순수함이 사라졌음을 알았기 때문이었다.

한나라를 세운 고조 유방의 증손자이자, 무제의 삼촌인 회남왕 유안이 주도해 편찬한 『회남자』에 나오는 이야기다.

너만 꽃이냐?

나도 꽃이다.

머위꽃이다!

마늘 싹이 노란 얼굴을 내밀었다.

잠든 것은 다시 깨어나고 먼저 간 벗들도

다시 살아날지어다.

#054

어느 날

일이 잘 풀리지 않아 편치 않게 지내고 있는 벗에게 짧은 편지를 보냈다.
"어느 날 그대가 무심코 땅에 꽂아둔 버드나무가 그늘을 만들어줄 것이네."

벗이 답장을 보내왔다.
"그대가 무심코 땅에 꽂아둔 버드나무가 어느 날 그늘을 만들어줄 것이네."

'어느 날'의 위치가 달라져 있었다.

이 글은 『석시현문昔時賢文』에 실린 「有意栽花花不發(유의재화화불발) 無心插柳柳成陰(무심삽류류성음)」의 일부다. '꽃을 보려고 심었으나 꽃이 피지 않을 수도 있고, 무심코 꽂아둔 버드나무가 커서 그늘을 이루기도 한다'는 뜻이다.

#055

착한 사람

“나는 성선설을 믿어.”

미아가 말했다.

“왜?”

“내가 어릴 적에 만난 사람들은 모두 착했거든.”

그때 나는 미아의 눈에 눈물이 서서히 고여 가는 것을 보았다.

#056

하늘에 빌다

"하느님 하느님,
우리를 살리시려거든 튼튼한 동아줄을 내려주시고,
우리를 죽이시려거든 썩은 동아줄을 내려주세요."

나중에 해와 달이 되는 오누이는 호랑이에게 쫓겨 나무 위로 올라갔을 때, 이렇게 하늘에 빌었다.
왜 그랬을까?
그냥 '튼튼한 동아줄을 내려 보내 우리를 살려주세요'라고 빌지.

#057

모르는 소리

사람들은 하늘을 나는 새가 자유롭다고 한다.
황조롱이나 참매의 공격을 피해 얼마나 온힘을 다해 날고 있는지
모르고 하는 소리다.

사람들은 바닥에 뒹구는 노란 은행잎이 그저 예쁘다고 한다.
떨어지기 전까지 얼마나 필사적으로 가지에 매달려 있었는지
모르고 하는 소리다.

#058

너에겐 내가 있어

함석헌(1901~1989) 선생은 물었다.

"만릿길 나서는 길
처자를 내맡기며
맘 놓고 갈 만한 사람
그 사람을 그대는 가졌는가.

온 세상이 다 나를 버려
마음이 외로울 때에도
'저 맘이야' 하고 믿어지는
그 사람을 그대는 가졌는가."

– 시, 「그런 사람을 가졌는가」에서

미국 가수 캐롤 킹Carole King(1942~)은 다르게 말했다.

"네가 지치고 힘들어 도움의 손길이 필요할 때, 제대로 되는 것이 아무것도 없을 때, 눈을 감고 나를 생각해. 그럼 나는 네 어둔 밤을 환하게 밝혀주기 위해, 곧 네 곁으로 갈 거야.
그냥 내 이름을 부르기만 해. 내가 어디에 있든 너를 다시 보기 위해 달려갈 거란 걸 넌 알잖아. 겨울, 봄, 여름, 그리고 가을, 네가 할 일은 나를 부르는 거야. 그럼 나는 거기에 있을 거야. 네겐 친구가 있어."

– 노래 「You've got a friend」의 가사

나는 누구에게, 그런 친구인가?

#059 꽃만 말고

동백나무가 내게 말했다.

"꽃만 말고
잎사귀도 기억해주세요."

사실 꽃이 피어 있는 건 잠깐 아닌가?

#060

사랑한다

'어머니', '아버지'는
뒤에 '님'을 붙이지 않고 부를 때
우리 목줄기를 더 뜨겁게 한다.

'사랑한다'는 동사는
그 앞에 어떤 부사를 붙여도
군더더기가 될 뿐이다.

#061

하늘인들 힘이 있나

"하늘이라 부르는 뒤집힌 그릇
그 아래 처박혀 죽고 사는 우리 인생
손들어 하늘에 구원을 청하지 말라.
어차피 하늘인들 무슨 힘이 있는가."

에드워드 피츠제럴드의 『오마르 카이얌의 루바이야트Rubáiyát of Omar Khayyám』에서 72번째 루바이의 내용이다. 루바이는 '4행시'란 뜻이다.
오마르 카이얌은 11세기 중엽 페르시아에서 태어난 학자로, 천 편에 이르는 루바이를 쓴 것으로 알려져 있다.

#062

처자식이 있으니

1992년 12월 18일 제 14대 대통령선거에서 낙선한 김대중은 정계 은퇴를 선언하고, 이듬해 영국의 케임브리지대학으로 떠났다. 그곳에서 1991년 만난 적이 있는 천체물리학자 스티븐 호킹°과 재회했다. 두 사람은 서로 집을 오가며 대화했다.

하루는 김대중이 물었다.
"건강이 그리도 좋지 않은데 그 열정과 힘은 어디서 나옵니까?"

° 영국의 이론 물리학자 스티븐 호킹Stephen William Hawking(1942~2018)은 21살 때 루게릭병(몸속의 운동신경이 차례로 파괴되어 전신이 뒤틀리는 근위축성측색경화증) 진단을 받았다. 병이 진행되면서 심한 장애 속에 평생을 살았다. 1985년 폐렴으로 기관지 절개수술을 받은 뒤부터는 가슴에 꽂은 파이프를 통해 호흡하고, 휠체어에 부착된 고성능 음성합성 장치를 이용해 소통했다. 처음에는 손가락을 사용하다가 나중에는 눈썹이나 뺨의 움직임을 활용한 음성 변환 방식으로 대화했다. 1965년 여동생의 친구인 제인 와일드Jane Wilde와 결혼해 2남1녀를 두었다. 1995년 와일드와 이혼하고 자신을 돌봐주던 간호사 일레인 메이슨Elaine Mason과 재혼했으나 2006년 다시 이혼했다.

호킹이 대답했다.

"처자식이 있으니 먹여 살려야 하고, 그러기 위해서는 열심히 살아야 합니다."

–『김대중 자서전 1』(삼인, 2010)에서

#063

겁의 인연

"여러 겁劫 인연이 쌓여, 이제 와서 어머니 뱃속에 들었구나."

불교 경전 『부모은중경父母恩重經』은 이렇게 시작한다.

겁은 사방과 높이가 1유순由旬(약 15km)씩 되는 철로 된 성 안에 겨자씨를 가득 채우고 100년마다 겨자씨 한 알씩을 꺼내는데, 전부 다 꺼내도 끝나지 않을 정도의 긴 시간이다. 또, 사방 1유순 되는 큰 반석盤石을 100년마다 한 번씩 흰 천으로 닦아 그 돌이 다 마멸되어도 끝나지 않는 시간이다.(『잡아함경雜阿含經』에서)

그런 긴 인연이 쌓이고 쌓여 뱃속에 든 자식을 어머니는 이렇게 보살핀다.

“몸이 무겁기는 큰 산과 같고, 가고 서고 할 때마다 바람조차 겁을 내며, 비단옷이라곤 입어 보지도 않고, 단장하던 거울에 먼지만 쌓이네.”

생일은 내가 축하받는 날이 아니라, 어버이에게 감사하는 마음을 새기는 날이다.

#064

가난한 집에 오셨군요

지강헌은 550만 원을 훔치다 붙잡혔다. 징역 7년에 보호감호 10년을 선고받았다.

군사 쿠데타로 집권했던 전두환 전 대통령의 동생 전경환은 1988년 3월 100억 원대의 횡령, 탈세 혐의로 기소됐으나 징역 7년형에 그쳤다. 이 소식을 들은 지강헌 등 수감자들은 분노했다. 탈옥하기로 결심했다.

서울올림픽이 열린 그해 10월 8일 지강헌을 비롯한 미결수 12명이 영등포교도소에서 공주교도소로 이송되는 도중 탈옥하는 데 성공했다. 교도관이 갖고 있던 권총 한 정도 빼앗았다.

지강헌을 비롯한 4명은 10월 15일 서울 서대문구 북가좌동의 한 가정집에 들이닥쳤다.

백민석은 소설 『내가 사랑한 캔디』에서 그 순간을 이렇게 묘사했다.

"놀라지 마라."
지강현이 대문을 열고 마당으로 들어서며 말했다.
"우린 탈주범 아저씨들이야."
그때 마당에서 화초에 물을 주고 있던 여자애가 지강현을 빤히 올려다보며, 이렇게 첫인사를 건넸다.
"가난한 집에 오셨군요."

지강현을 비롯한 탈주범 3명(지강현은 가장 나이 어린 강영일을 집밖으로 내보낸 뒤, 총을 쏘아 못 들어오게 막았다)은 경찰에 의해 겹겹으로 포위당한 채, 탈주할 때 지강헌이 교도관에게 빼앗은 권총으로 머리에 총알을 박았다. 지강헌은 비지스의 'holliday' 녹음 테이프를 요구해 틀어놓고 있었다.

시인 기형도는 「가는 비 온다」라는 시에서 이렇게 썼다.

"언제가 이곳에 인질극이 있었다.
범인은 휴일이라는 노래를 틀고 큰소리로 따라 부르며
자신의 목을 긴 유리조각으로 그었다."

지강헌은 쫓기는 탈주범으로 생의 마지막을 장식했으나,

그들이 세상을 향해 던진 말은 많은 이들의 가슴에 불을 질렀다.

“유전무죄, 무전유죄!”

탈주범 가운데 가장 나이가 어린 강영일이 한 말이다.

#065

사랑 없이도 살 수 있나요

모아메드(모모)는 세 살 때 로자 아줌마에게 맡겨졌다. 엄마가 있어야 한다는 사실조차 모르던 모모는 여섯 살 때인가 일곱 살 때인가, 누군가가 매달 자신을 위해 돈을 부쳐주기 때문에 로자 아줌마가 자신을 돌봐준다는 사실을 알게 됐다. '아무런 대가 없이 사랑해준다'고 믿었던 모모는 밤새 울었다.

모모는 프랑스 전역을 돌아다니며 많은 것을 본 양탄자 장사꾼 아밀 할아버지에게 물었다.

"할아버지는 왜 언제나 웃고 계시는 거죠?"

아밀 할아버지는 "매일 나한테 좋은 기억력을 주신 하나님께 감사하느라고 그런다"며, 지난날을 얘기해주었다.

“오래 전 내가 젊었을 때 말이다. 어떤 처녀를 만났지. 그 여자도 나를 사랑하고 나 또한 그 여자를 사랑했지. 그렇게 우리는 여덟 달 동안을 사랑했지. 그런데 그만 그 여자가 이사를 가버려서 헤어지고 말았단다. 그런데 나는 육십이 지난 지금도 그때의 그 사랑을 기억하고 있거든. 그때 나는 그 여자한테 ‘당신을 평생 잊지 않겠다’고 말했지. 그래서 여러 해가 지났지만 나는 아직도 그 여자를 잊지 않고 있단다. 때때로 나는 여생이 아직 많이 남아 있는 데다가 하나님은 과거를 지울 수 있는 지우개를 손에 쥐고 있으니 하찮은 내가 그 약속을 영원히 지킬 수 있을까, 하고 두려운 생각을 할 때가 있었지. 하지만, 지금은 그런 걱정을 안 한단다. 내가 자밀라를 잊게 되지는 않을 테니까. 이제 나는 살날이 얼마 남지 않았고,

내가 잊기 전에 죽을 테니까 말이다."

모모는 다시 물어보았다.

"아밀 할아버지, 사람은 사랑이 없이도 살 수가 있나요?"

아밀 할아버지는 입을 닫고 대답을 얼버무리다가, 모모가 거듭 묻자 "그렇단다" 하고 대답했다. 모모는 갑자기 울기 시작했다.

– 에밀 아자르 지음, 지정숙 옮김, 『자기 앞의 생』 (문예출판사, 1993)에서

소설의 끝에 로맹 가리(『자기 앞의 생』을 쓸 때, 에밀 아자르라는 가명을 썼다)는 모모의 입을 빌려 이렇게 말했다.

"사랑해야만 한다."

#066

내가 오광을 했냐?

암세포가 몸에 퍼져가면서 아버지는 가끔씩 정신이 혼미해지셨다. 진통제 때문에 더 그러셨다. 돌아가시기 한 달여 전 그날, 나는 아버지와 화투를 쳤다. 애써 생각을 붙잡으시기를 바랐기 때문이다. 내가 아버지와 화투를 친 것은 태어나서 처음이었다.

심심파적 화투 놀이에 조금 유쾌해진 아버지는 찬찬히 아주 신중하게 패를 내셨다. 내 조언과 태만에 힘입어, 아버지는 마침내 광 다섯 개를 모두 따셨다.

아버지가 엷은 미소를 지으며 가느다란 목소리로 내게 물으셨다.

"내가 오광을 했냐?"

내게는 태산 같은 아버지셨다.

#067

할 말은 많지만

정규 교육을 받지 못하신 내 어머니는
내가 초등학교에 들어가던 해,
내 교과서를 가지고
아버지께 한글을 배우셨다 한다.
마루 한쪽 끝에 세워놓은 칠판에
아버지께서 글씨를 써놓고 어머니께 읽게 하셨는데,
아버지는
너무 느리다고 자주 어머니를 타박하셨다 한다.

어머니는 곧 읽고 쓰실 줄은 아셨으나,
글씨 쓰는 속도는 매우 느렸다.

그래서 어머니는
들일을 마치고 돌아온 늦은 밤이면,
먼 도회지로 나간 남동생에게 보내는 편지를
내게 받아쓰게 하셨다.
흐릿한 호롱불 아래서
연필에 침을 묻혀가며
나는 줄그어진 편지지에 어머니의 편지를 받아썼다.
편지의 시작은 달랐으나, 끝은 늘 똑같았다.

"할 말은 많지만, 오늘은 이만 줄인다…."

나는 이 표현보다 더 짙게
동생에 대한 깊은 사랑의 마음이 우러난 글을
아직껏 보지 못했다.

할 말은 많으나, 어머니는
굳이 말로 표현하지 않아도 알아들을 그 많은 이야기를
말줄임표에 실었다.

맏딸인 어머니의 바로 아래 남동생인 큰 외숙은
내가 초등학교 4학년 때,
연탄가스 중독사고로
불귀의 객이 되었다.

#068 소리도 보내드려요?

"밟는 소리는

원하신다면

메일로 보내드리겠습니다."

11월 어느 날, 그이가 상수리나무 이파리로 가득 덮인 산등성이

풍경을 찍은 사진을 휴대폰으로 보내왔다.

굳이 '소리'를 보내달라고 할 필요는 없었다.

낙엽 밟는 소리가 내 귀에 다 들려왔다.

하늘을 나는 것이 비록 즐거울지라도

너희는 땅에서 왔으니

땅으로 돌아가리라!

#069

따뜻한 시 한 잔

오늘 같은 날 그 마을에선
마른 바람도 움츠려 목을 감추고
눈발도 목쉰 소리를 내며 나릴 터인데
우리는 화목 난로가 있는
작은 집에 손님으로 가자.

가서 따뜻한 시 한 편을 주문해 놓고는
유리창에 뿌옇게 입김을 불어
묵혀둔 이야기나 손가락으로 쓰자.

그러면 인심 좋은 집 주인은
세상에서 가장 뜨거운 시 한 편을 찻잔에 담아 내다줄 것이고
시가 알맞게 식을 동안
세상이 어디로 가는지 따위 쓰잘데없는 질문은 싹 잊어버리고
우리는 처마 밑 고드름이
별똥처럼 쏟아지는 소리를 듣기로 하자.

"사랑이란 별다른 게 아니라 그이와 함께 늙어가고 싶은 것입니다"
라는 레마르크의 말에 영감을 얻어 쓴 글이다.

#070

신은 가난을 만들지 않았다

"신이 부자와 빈자를 만들었다는 말은 잘못이다.
신은 남자와 여자만 만들었을 뿐이고,
그들에게 이 세상을 물려주었다."

- 토머스 페인, 『상식Common Sense』(1776)에서

#071

저마다 사연이 있어

가을 밭 이곳저곳에서 꽃을 보았다.

뽐내는 이
수줍게 웃는 이
숨어 우는 이

저마다 사연이 있겠으나
묻지 않았다.

#072

겸허

고개를 깊이 숙여야

비로소 제 모습을 보여주는 것들이 있다.

회양목 열매가 그렇다.

다 익으면 갈라져, 마치 부엉이 세 마리가 모여 있는 것 같은 모양이 된다. 고개를 깊이 숙이고 자세히 살펴보아야 그 놀라운 아름다움을 볼 수 있다.

#073

모란향

"꽃이 피고 지는 스무 날
성안 사람이 모두 미친 듯."°

백거이의 시 모란의 향기牡丹芳 한 구절이다.
8세기 말 중국에서 모란 열풍이 일었다.
1630년대 네덜란드에서는 튤립 열풍이 일었다.

애기 목련이 필 때가 되면, 나도 살짝 미친다.

○ 花開花落二十日 一城之人皆若狂

#074

세일즈맨이 가진 것

아서 밀러가 희곡 『세일즈맨의 죽음』을 발표한 것은 1949년이다. 세상이 많이 바뀐 지금도 세일즈맨 이야기는 우리를 흔들어놓는다. 평생 일해 온 직장에서 쫓겨나고, 마지막으로 가족에게 보험금을 남겨주기 위해 자동차를 과속으로 달려 사고를 내고 죽는 주인공 윌리. 그의 친구이자 성공한 사업가인 찰리는 이렇게 말했다.

"이 세상에서 네가 갖고 있는 것은 네가 팔 수 있는 것뿐이야."°

° The only thing you got in this world is what you can sell.

#075

젊음, 돈

"정말 젊음도 아름다움도 아무 소용이 없어.
그야 물론 좋긴 하겠지만,
역시 그것만 가지고는 나중에 아무것도 되지 않아.
불쌍하게 여기며 칭찬하는 걸, 뭐.
누구 할 것 없이 돈 쪽으로 달려가고
뭐든지 돈이면 다 되는 걸, 뭐.
우리 같은 가난뱅이는…."

- 괴테의 『파우스트』에서, 마가렛이 파우스트가 갖다놓은 보석상자를 옷장 안에서 발견하고 한 독백

#076

즐겨라

일본에는 전국 규모 고교야구시합이 있는데, 매년 봄에 열리는 선발고등학교야구대회와 여름에 열리는 전국고교야구선수권대회가 그것이다. 갑자(일본어로는 '고시')년인 1924년 4월에 완성된 효고현 니시노미야 한신 타이거즈 구장인 고시엔甲子園에서 열린다고 해서 고시엔대회라고도 불린다.

일본 전국에 고교야구팀의 숫자가 4천 개가 넘는다. 고시엔대회에서 우승하기란 쉬운 일이 아니다. 경기 방식이 토너먼트라 한 번 패하면 다음 기회가 없다. 그래서, 어떻게든 이기려고 주자가 1루에 나가기만 하면 번트를 해서 2루로 진루시키고 득점을 노리는 게 일반적인 경기 운영 방식이다.

2003년 3월 27일 선발고교야구대회 2회전에서 호우토쿠가쿠인과 도코하기쿠카와 고교가 맞붙었다. 결과는 도코하기쿠카와의 4 대 3 승리였다.

그런데, 이 시합에서 이긴 도코하기쿠카와는 경기 도중 단 한 차례도 번트를 시도하지 않았다. 선수 전원이 늘 '안타를 치겠다'는 태도로 경기에 임했다.

이 학교 야구부의 슬로건은 이렇다.

"야구를 즐겨라."

일찍이 공자는 말했다.

"알기만 하는 사람은 좋아하는 사람만 못하고, 좋아하는 사람은 즐기는 사람보다 못하다."°

도코하기쿠카와의 선수들은 지금도 '노사인No sign' 야구를 한다. 감독이 번트나 도루를 지시하지 않고, 선수들이 알아서 판단하도록 한다.

° 『논어』 옹야편에 있다. "知之者는 不如好之者요, 好之者는 不如樂之者니라."(지지자는 불여호지자요, 호지자는 불여락지자니라.)

#077

집

아침에 엘리베이터를 기다리며, 방송작가로 일하는 A씨와 이야기를 나누었다.

나 벌써 수요일이네.

A 벌써 3월이지!

나 날마다 하는 일이 또~옥 같아. 꼭 다람쥐 쳇바퀴 도는 것 같아.

A 다람쥐라고? 그래도 다람쥐가 우리보단 낫지. 집 걱정은 안 하고 살잖아?

“계수나무에서 솜사탕 냄새가 나면

가을이 온 것이다.”

쉰 살이 다 되어서야

그걸 알다니!

실 같은 덩굴에
이파리 석 장
메꽃 한 송이 피었다.

무슨 소리를 들었기에
나는 낙타를 사고 싶을까.
그래 별을 보러 사막에나 가자.

#078

버려진 새집

새들은 어째서 애써 지은 집을 저리도 쉽게 버리는 것일까?
가로수 위에 버려진 새집을 보고 내가 그이에게 물었다.
그이가 대답했다.
"새들은 날기 위해 제 몸집도 줄이는 걸."

석모도의 일몰 장면을 사진 찍어 그이에게 보냈다.
"하루 일을 마무리하고 사라지는 해, 모든 물길을 차별 없이 받아들이는 바다를 보는 것은 역시 휴식이 돼."
그이가 답장을 보내왔다.

"그래, 그대는 무엇을 내려놓았는가?"

#079 좋은 리더

가브리엘 가르시아 마르케스의 『백년 동안의 고독』을 보면, 자유파 군대에 참가한 주인공 가문의 한 후손이 이렇게 묻는 장면이 나온다.

"우리가 전쟁에서 이기면 숙모와도 결혼할 수 있을까요?"

그는 숙모와 결혼하고 싶었지만, 현실의 장벽이 너무 높았다.

지휘자는 대답했다.
"암, 그렇고말고. 우리는 자기 어머니와도 결혼할 수 있는 세상을 만들자고 이렇게 싸우는 것이지."

좋은 리더는 '희망'을 주는 사람이다.

#080

다름

어느 날 저녁, 아버지와 「땅에 돌아가는 사람」이라는 희곡 연습을 하던 학생 하나가,
"입센Ibsen 앞에서는 깊이 머리를 숙여야 합니다"라고 말했을 때,
아버지는 "나는 머리를 숙이지 않아" 하면서 껄껄 웃었다.

– 시몬느 보봐르 지음, 권영자 옮김, 『처녀 시절』 (범조사, 1987)에서

『인형의 집』을 쓴 노르웨이의 대작가 헨릭 입센Henrik Ibsen (1828~1906) 앞에서 고개를 숙이지 않는 사람도 얼마든지 있다.
다름을 받아들여야 한다.

#081

기쁨에겐 귀가 없다

어느 날, 내가 얼마 전 읽은 중국의 짧은 이야기를 카프카에게 얘기해줬다.

"마음은 두 개의 침실이 있는 집이다. 한쪽 침실에는 고통이 살고, 다른 침실에는 기쁨이 산다. 그중 하나가 너무 큰 소리로 웃어서는 안 된다. 기쁨이 크게 웃으면 옆방에 있는 슬픔을 깨우게 되니까."

카프카가 되물었다.

"기쁨이? 슬픔이 내는 소리 때문에 깬다고?"

"아니, 기쁨은 거의 듣지를 못해. 그래서 옆방에서 나는 고통의 소리를 듣지 못하지."

프란츠 카프카(1883~1924)의 소설 『꿈』을 체코어로 번역한° 구스타프 야누흐Gustav Janouch(1903~1968)는 『카프카와의 대화Conversations with Kafka』(1951년)에 이렇게 썼다.°°

슬픔이 아무리 고통스런 소리를 내도 기쁨은 알아채지 못한다. 그러나 기쁨이 요란하게 기분을 내면, 슬픔은 더욱 슬퍼진다.

° 카프카는 독일어로 소설을 썼다.

°° 이 말을 많은 사람들이 카프카의 말로 알고 있다. 구스타프 야누흐는 '어디서 읽었는지는 생각나지 않는 중국의 이야기'라고 썼다.

#082

지구가 둥글다니

“(지구가 둥글어서) 우리가 서 있는 이곳과 반대되는 지점이 있다는,
그 반대 점에 있는 사람은 우리와 거꾸로 서서 걸어 다니고
여기서는 해가 질 때 거기서는 해가 뜬다는 이야기는
믿을 만한 근거가 없다.

설령 거기에 바다가 아닌 미지의 육지가 있다 하더라도
우리의 시조는 아담과 이브 한 쌍뿐인데

그런 벽지에까지 아담의 자손들이 살고 있으리라고는 믿어지지 않는다."

-5세기 성 아우구스티누스의 글. 칼 세이건 지음, 현정준 옮김 『창백한 푸른 점』 (사이언스북스, 2001)에서

프랑스 혁명의 구호 '자유, 평등, 박애'도 한동안은 그저 황당한 소리에 지나지 않았다.

'여성의 투표권'도 그랬다.

#083

이카루스가 되자

크레타섬을 떠나기로 마음먹은 다이달로스는 자연의 법칙을 거슬러 보기로 했다. 다이달로스는 새의 깃털을 모아 밀랍으로 이어 붙여 두 쌍의 날개를 만들었다. 자신과 아들 이카루스의 것이었다.

다이달로스가 말했다.

"이카루스 내 아들아, 내 단단히 일러두거니와 하늘과 땅의 한중간을 겨냥하여 반드시 그 사이로만 날아야 한다. 너무 올라가면 태양의 열기에 깃이 타버릴 것이요, 너무 낮게 날면 바닷물에 젖어 깃이 무거워질 것이기 때문이다. 그러니까 꼭 하늘과 바다 한중간을 날도록 하여라."°

두 사람은 홰를 치고 날아올랐다. 물 위의 어부와 땅 위의 양치기, 농부들이 두 사람이 나는 것을 놀란 얼굴로 쳐다보았다.

° 오비디우스 지음, 이윤기 옮김, 『변신 이야기』(민음사, 1994), 264쪽

소년은 그가 날고 있다는 사실에 감격해, 점점 높은 곳으로 올라갔다. 마치 하늘 끝까지 가보겠다는 듯이. 그러자 날개 깃털에 바른 밀랍이 녹아내렸다. 이카루스는 추락해, 바다 위에 날개만 남긴 채 사라지고 말았다.

이카루스는 '욕심에 눈먼 어리석음'의 상징인가?
천체 물리학자 수브라마니얀 찬드라세카르Subrahmanyan Chandrasekhar(1910~1995)는 그의 스승 아서 스탠리 에딩턴 경[°°]의 정신을 기리면서 이렇게 말했다.

°° 아서 에딩턴Arthur Stanley Eddington(1882~1944). 영국의 천문학자. 천체 물리학의 개척자로 불린다.

"태양이 우리 날개의 밀랍을 녹이기 전에
우리가 얼마나 높이 날 수 있는지 알아보자."

런던비즈니스스쿨 교수 개리 해멀은 이렇게 말했다.

"인류를 오랫동안 지상에 묶어둔 것은
중력의 법칙이 아니라 창의성 부족이었다."°

° 게리 해멀 · 빌 브린 지음, 권영설 · 신희철 · 김종식 옮김, 『경영의 미래』 (세종서적, 2009)

#084

거울

1974년 7월 25일 미국 하원은 리처드 닉슨 대통령(공화당)의 탄핵을 의결했다. 닉슨은 1972년 11월 치러진 대통령 선거에서 재선에 성공했으나 선거를 5개월 앞둔 그해 6월 17일, 민주당 전국위원회가 입주한 워터게이트 빌딩에 도청장치를 설치하려다 5명이 붙잡힌 '워터게이트 사건'의 진상을 은폐하려 했고, 수사 과정에서 여러 비리 혐의가 드러났다. 탄핵 소추안은 상원에서 가결될 게 뻔한 상황이었다. 사임하기로 마음먹은 닉슨이 백악관 벽에 걸려 있는 케네디의 초상화 앞에 섰다. 팔짱을 끼고 아래를 응시하고 있는 케네디를 향해 닉슨은 말했다.

"사람들은 자네를 통해 이상형을 보고, 나에게선 그들 자신의 모습을 보게 되겠지."

- 올리버 스톤 감독의 영화 『닉슨』(1996)에서

#085

슬픔과 분노 사이

"손가락, 발가락, 머리카락으로도 그들이 저지른 죄를 일일이 다 헤아릴 수 없다."

고종 임금이 러시아 공사관으로 몸을 피한 지 10일째 되던 1896년 2월 11일 발표한 성명에서, 1894년 7월(23일 일본군의 경복궁 점령)과 1895년 10월(8일 명성황후 시해) 사건에 관련된 반역자들의 처단을 명령한 글의 한 부분이다.

나는 1990년대 초반 노동자학교(야학)에서 일한 적이 있는데, 가내 봉제공장에서 미싱사로 일하던 어린 여성 노동자가 어느 날 이런 고백을 했다.

"월급은 적고, 일은 너무 힘드니까 밤에 도망가는 아이들이 있어요. 그래서 주인은 우리들을 2층에 재우고, 창문도 쇠창살로 다 막았지요. 어느 날 저녁 사장네 식구들끼리만 갈비를 구워 먹어요. 냄새가 계속 올라오니 침만 꿀꺽꿀꺽 삼켰어요. 다음날 아침에 우리가 뭘 먹은 줄 아세요. 사장집 식구들이 뜯어먹은 갈비 뼈다귀로 곤 곰국이었어요."

여자아이는 더는 참지 못하고 울음을 터트렸다. 10만 올이나 되는 내 머리카락이 모두 일어섰다.

"기차 타고 못 오신다면,

바람으로라도 그대 오소서."

나도 안다.

대롱대롱 허공에 매달려 있지만

너도 혀끝은 뜨겁다는 걸.

#086

세월호

"슬픔을 짙게 풀어놓은 물에 날마다 심신을 절이며 산다."

2016년 말, 세월호 희생자들을 생각하며 쓴 칼럼을 이 문장으로 시작했다.
도저히 견뎌낼 수 없는 슬픔도 있다.

#087

돈데 보이

미국 가수 티시 이노호사Tish Hinojosa가 1989년 발표한 「돈데 보이Donde Voy(어디로 가야 하나)」는 일자리를 얻기 위해 미국으로 불법 월경하는 사람들의 삶과 애환을 노래한 곡이다.

이노호사는 멕시코에서 미국으로 건너간 이민자 가정에서 13남매의 막내딸로 태어났다. 가수의 꿈을 이루지 못한 어머니의 응원 속에 어려서부터 피아노와 기타를 배웠고, 서른세 살이던 1988년 이 노래를 만들었다.

"새벽녘, 날이 밝아오자 난 달리고 있죠.
태양빛으로 물들기 시작하는 하늘 아래에서.
태양이여, 내 모습이 드러나지 않게 해주세요.
이민국에 들키지 않도록."

30년이 넘게 흘렀지만, 지금도 미국과 국경을 맞댄 멕시코 북부지역으로, 남미 각지에서 미국으로 넘어가려는 사람들이 모여든다. 그들은 국경을 넘다 잡혀 추방당해도 쉽게 포기하지 않는다. 사막지대를 지나다 목숨을 잃는 사람도 적지 않다.

화가 프리다 칼로와 남편 디에고 리베라가 살던 집을 개조해 만든 멕시코시티의 프리다 칼로 박물관엔 칼로의 화장한 유해가 단지에 담겨 전시돼 있다. 그이의 유해 옆엔 오늘도 목숨을 걸고 미국으로 넘어가는 불법 이민자들을 눈물짓게 하는 글귀가 쓰여 있다.

"자기가 태어난 집에서 죽을 수 있다는 것은 얼마나 큰 축복인가."

생전 칼로가 한 말이다.

#088

깊은 물은 고요하다

중국 주周나라의 시조 후직后稷의 사당 오른쪽 뜰 앞에 금으로 만들어놓은 사람金人 하나가 있었다. 공자가 주나라에 구경 갔다가 이걸 보았는데, 입은 세 군데나 꿰매져 있었고, 그 등에 이렇게 새겨져 있었다고 한다.

"이 사람은 옛날에 말을 삼가던 사람이다. 경계하라. 말을 많이 하지 말라. 말이 많으면 실언이 많다. (…) 듣는 자가 없다고 하지 말라. 귀신이 곁에서 감시하고 있다. (…) 진실로 말을 삼간다면 복의 근원이 될 것이다. 입바른 말이 뭐가 해로우냐고 생각한다면 화의 문이 될 것이다." (『공자가어』° 관주 편)

° 이민수 옮김, 『공자가어』(을유문화사, 2003)

서양 속담에 이런 게 있다.

"깊은 물은 고요히 흐른다Still waters run deep."

머리로는 쉽게 깨닫지만, 실천에 옮기기는 매우 어렵다.

#089

사람을 달에 보내는 일을 돕고 있다

1957년 10월 소련(소비에트연방공화국)이 인류 최초의 인공위성 스푸트니크호를 발사하는 데 성공했다. 3년 반 뒤인 1961년 4월, 소련은 사람을 우주로 실어 보냈다.

미국은 큰 충격을 받았다. 존 F. 케네디 미국 대통령은 우주개발 프로그램에 대한 검토를 지시했고, 미항공우주국(NASA)은 1970년까지 사람을 달에 착륙시키겠다는 계획안을 제출했다. 케네디는 1961년 5월 연두교서에서 1960년대에 인간의 달 착륙과 무사귀환을 성공시키는 데 총력을 기울이겠다고 발표했다.

1962년, 케네디 대통령이 아폴로 프로젝트를 점검하기 위해 미항공우주국에 방문했다. 그곳에서 한 청소부를 만났다. 케네디 대통령은 "당신은 어떤 일을 하고 있나요?"라고 물었다. 청소부가 대답했다.

"저는 지금 인류를 달에 보내는 일을 돕고 있습니다."°

모두가 같은 목표를 향해 하나 되어 뛰고 있었다.
1969년 7월 20일, 세계 4억 5천만 명이 지켜보는 가운데, 아폴로 11호를 타고 달에 간 닐 암스트롱은 지구 아닌 천체에 발을 디딘 최초의 인간이 되었다.

° 이 이야기는 출처가 명확하지 않다. 케네디가 누군가에게 말한 것이 퍼진 것일 수도 있고, 누군가 지어낸 이야기가 사실인 것처럼 퍼진 것일 수도 있다. 일종의 전설 같은 이야기다.

#090

카탈루냐의 새들은 '피스peace 피스peace'하고 운다

현대 첼로 연주법을 정립한 '첼로의 성자' 파블로 카잘스Pablo Casals(1876~1973)는 스페인의 카탈루냐 지방 사람이다. 카탈루냐는 독자적인 언어와 전통을 가진 지역이다. 영국에 앞서 세계 최초의 의회를 가졌던 곳이다. 그러나 16세기 후반 자치권을 잃었다. 19세기 후반 카탈루냐는 자치 독립 운동의 중심지였다. 1930년대 들어 한때 자치권을 얻었으나, 스페인 내전 이후 프랑코 독재 정권이 들어선 뒤 다시 잃었다. 카탈루냐어 사용도 금지 당했다.

카잘스는 A. 코르토, J. 티보와 함께 '20세기 최고'라는 말을 들은 3중주단을 결성해 활약했고, 1919년 바르셀로나에서 카잘스 오케스트라를 설립해 지휘자로도 활약했다. 그러나 1936년 스페인 내란 이후는 프랑코 정권에 항거하여 주로 런던에서 연주활동을 하고, 프랑코 정권을 승인한 나라에서는 연주하지 않았다. 그는 인권을 옹호하고 독재에 반대했으며, 평화를 사랑했다.

그가 편곡한 '새들의 노래El Cant dels Ocells'는 카탈루냐 지방의 민요다.

1971년 유엔의 날에 유엔 평화 메달을 받은 카잘스는 '새들의 노래'를 연주하기에 앞서 이렇게 말했다.

"저는 몇 해 동안 대중 앞에서 첼로를 연주하지 않았습니다. 그러나 다시 연주할 때라는 걸 느낍니다. 카탈루냐 민요 '새들의 노래'를 연주하겠습니다.

카탈루냐의 새들은 하늘에서 '피스Peace, 피스Peace, 피스peace' 하고 웁니다. 그것은 바흐, 베토벤, 그리고 모든 위대한 음악가들이 경탄하고 사랑했던 멜로디이지요. 이 곡은 나의 고향 카탈루냐 사람들의 영혼 속에서 태어났습니다."

#091

눈송이 하나의 무게

"얘, 눈송이 하나의 무게가 얼마나 되는지 아니?"

참새가 비둘기에게 물었다.

"그야말로 아무것도 아니겠지."

비둘기가 대답했다.

참새는 자기가 경험한 놀라운 일을 들려주겠다며 이야기를 시작했다.

"어느 날, 내가 나뭇가지에 앉아 있는데 눈이 오기 시작했어. 꿈나라에서나 보듯이 소리 없이 나뭇가지 위에 사뿐사뿐 내려앉는 거야. 나는 아무 할 일이 없어서, 내가 앉은 가지에 내리는 눈송이를 세어보기 시작했어. 정확하게 374만 1천 952송이가 내려앉을 때까지는 아무 일도 일어나지 않았어. 그런데 그 다음 한 송이가 내려앉는 순간 가지가 부러지고 말았어."

이야기는 이렇게 이어진다.

"이 세상에 평화를 가져오는 데, 아직 한 사람의 목소리가 부족하다."

로버트 스트랜드Robert Strand가 쓴 『365 Fascinating Facts about Jesus』(2000)에 실려 있는 우화다.°

오노 요코는 존 레논에게 보낸 편지에서 '혼자 꾸는 꿈은 그저 꿈일 뿐이지만, 다른 사람과 함께 꾸는 꿈은 현실이 된다(A dream you dream alone is only a dream. A dream you dream together is reality)'고 썼다.

° 스페인 바르셀로나 대학의 교수이자 과학 작가인 David Bueno i Torrens는 'How heavy is a kilogram'이란 글에서 이 이야기는 독일 작가 Kurt Kauta가 만든 것이라고 했는데, 사실인지 확인하지 못했다.

#092 핵을 머리 위에

"현재 지구상에 존재하는 핵무기는 TNT로 환산할 때 약 160억 톤 규모에 이른다. 메트로놈이 (1초에) 한 번 똑딱 할 때마다 TNT 1톤이 터진다면, 우리는 그 폭발 소리를 500년 동안 계속 듣게 될 것이다."

1985년 국제핵전쟁 예방 의사연맹을 창립한 버나드 라운Bernard Lown 박사가 노벨 평화상을 받은 뒤, 1986년 유네스코의 기관지 『유네스코 꾸리에』에 쓴 글의 일부다.

#093

브로큰 하트

2017년 1월, 골든 글로브 시상식에서 세실 B. 드밀상을 받은 메릴 스트립은 '레아 공주'가 언젠가 자신에게 이렇게 말했다고 했다.

"부서진 마음broken heart을 추슬러 예술로 승화시키라구."°

조지 루카스가 연출한 영화 「스타워즈」 시리즈에서 '레아 공주' 역을 맡은 배우 캐리 피셔Carrie Fisher는 사람들에게 영원히 레아 공주로 기억될 것이다.

° Take your broken heart, make it into art.

#094

눈이 펑, 펑

내 고향에선 눈이 한번 내렸다 하면
펑, 펑 소리가 난다,
했더니 그이가 소리 내어 웃었다.
진짠데.

수구막이 버드나무 가지에 펑,
띠풀 걷어낸 모정茅亭 양철 지붕 위에도 펑.

하늘이 슬픔을 털어내는 소리를 듣다가
엉엉 울어도
눈은 그대로 펑, 펑 내리더라.

#095 울었어!

목상댁은 꽤 부자로 소문난 김씨 집안의 둘째 아들에게 시집을 갔다. 부모에게 물려받은 재산은 대부분 큰집 몫이어서, 목상댁 네는 작은 채에서 더부살이하듯 살았다.

시집간 이듬해에 첫째를 낳았다. 아들이었는데, 말을 못했다.

2년 뒤 둘째를 낳았다. 둘째도 아들이었고, 말을 못했다.

'이년 팔자 기구하다', 주먹에서 피가 나도록 땅을 치며 울었다.

자식을 그만 낳으리라, 마음먹었지만, 덜컥 셋째를 임신했다.

목상댁은 용하다는 점쟁이를 찾아갔다. 점쟁이가 고개를 절레절레 흔들더니, 조용히 말했다.

"절대 집에서 낳으면 안 되네. 십리 밖으로 떠나서 낳게."

어느 날 밭에서 일을 하는데 진통이 왔다.
목상댁은 호미를 내팽개치고 둑길을 따라 강을 거슬러 마냥 걸었다. 더는 못 걷겠다 싶어 주저앉으려는데, 버려진 주막이 눈앞에 보였다.
목상댁은 바닥에 지푸라기를 깔고 혼자 아이를 낳았다. 딸이었다.
목상댁이 갓난이의 엉덩이를 손바닥으로 세게 쳤다.
갓난이가 요란한 소리로 울었다.
"울었어! 울었어!"
목상댁도 목 놓아 울었다.

내가 어릴 적에 들은 이야기다.

#096

해조차 빛이 변했구나

정유재란이 일어났을 때 충무공 이순신은 명량에서 13척의 배로 일본 수군을 대파했으나 중과부적이라 후퇴를 거듭해 지금의 군산 선유도까지 물러나야 했다. 거기에 머물 때, 왜군이 고향 아산을 공격했다는 소식을 들었다. 그리고 얼마 지나지 않아 우수영으로 돌아갔을 때, 막내아들 면이 전사했다는 소식을 들었다.
이순신은 통곡하는 마음으로 일기에 이렇게 썼다.

"하늘이 어찌 이다지도 인자하지 못하는고!
내가 죽고 네가 사는 것이 마땅하거늘, 네가 죽고 내가 사니 이런 어그러진 이치가 어디 있는가.
천지가 깜깜하고 해조차 빛이 변했구나.

슬프다, 내 아들아 나를 버리고 어디로 갔느냐.
남달리 영특하여 하늘이 이 세상에 머물러 두지 않은 것이냐.
내 지은 죄가 네 몸에 미친 것이냐.
내 이제 세상에 살아 있어본들 앞으로 누구에게 의지할고.
울부짖을 따름이다.
하룻밤 지내기가 일 년 같구나."

–『난중일기』 정유년(1597) 10월 14일치에서

충무공은 사람들 앞에서 마음 놓고 울 수조차 없어서, 소금 굽는 일을 하는 강막지의 집에 가서 숨어 울었다.

#097

여보 고마워요

2011년 3월 11일 오후, 일본 도호쿠 지방 앞바다에서 엄청난 규모의 지진이 일어났다. 얼마 안 되어 10미터를 넘나드는 지진해일이 동북 해안의 바닷가 마을들을 덮치기 시작했다. 후쿠시마 현 나미에마치 우케도 지구에도 시커먼 파도가 순식간에 밀려들어 바다에서 수백 미터 떨어진 곳에 있는 구마카와 가쓰(73)의 집을 덮쳤다.
구마카와는 아내 요우코(75)의 손을 잡고 2층으로 올라갔다. 하지만 순식간에 수위가 올라갔다. 요우코를 끌어안고 겨우 얼굴을 내밀 수 있을 정도가 됐다. 죽음을 각오했다. 그가 말했다.

"지금까지 고마웠소."

요우코가 고개를 끄덕이고는, 입술을 움직였다.

“여보 고마워요.”

구마카와가 한 번 더 입을 열었다.

“마지막으로 손주 녀석들 이름이나 불러 봅시다.”

구마카와가 말을 끝내기도 전에, 강한 충격이 밀려들었다. 요우코가 물속으로 사라졌다. 그는 필사적으로 손을 더듬어봤지만, 아무 소용이 없었다.

입고 있던 점퍼가 운 좋게도 구명조끼처럼 부풀어, 그는 천장과 지붕 사이의 좁은 틈 사이로 얼굴을 내밀고 숨을 쉴 수 있었다. 구마카와는 요우코를 계속 소리쳐 불렀다. 떠내려가던 집이 교각 윗부분에 걸렸을 때 그는 난간을 타고 다리 위로 기어 올라가 기적적으로 목숨을 건졌다.°

° 정남구 지음, 『잃어버린 후쿠시마의 봄』 (시대의 창, 2012)

#098

우렁각시

"우렁각시는 자기가 지은 밥을 함께 먹었을까?"

궁금해서 사람들에게 물었더니,
여러 사람이 이렇게 대답했다.

"따로, 눌은밥을 먹었대. ㅠㅠ"

내 어머니처럼,
누이처럼…

#099

어른이니까

내가 열여덟 살 때 고향을 떠나 서울에서 새 삶을 시작하려 할 때
아버지께서 말씀하셨다.

"너는 이제 어른이니 네가 알아서 살아라."

돌이켜보니, 내 삶에 가장 무거운 말이었다.
어른!

#100 호미의 쓸모

평생 농사를 지으신 아버지가 한번은 이렇게 말씀하셨다.
"콩 심을 땐 호미를 쓰고, 보리 베는 데는 낫을 쓴다."

생각이 짧은 사람들이 야전삽으로 도끼질을 하다 삽날을 부러뜨린다.

#101 황매실의 향기

내게도 한때는 꽃 같은 시절이 있었다네.

그런데 지금은?
노랗게 익어가고 있지.
향기는 껍질 안에 몽땅 가두어 두었어.

만지면 터진다!

– 황매실이 나에게

102 꽃길

꽃길만 걸으란 말씀은
부디 물려주세요.

어떻게 꽃을
밟을 수 있겠어요.

103

바다

'바다는 어떤 강물도 마다하지 않는다the sea refuses no river'라는 서양 속담이 있다.

한비자도 말했다.

"큰 산은 흙과 돌의 좋고 나쁨을 가리지 않아 그렇게 높이 솟은 것이요, 강과 바다는 작은 시내라도 가리지 않고 받아들여 그토록 풍부해진 것이다."°

° 太山不立好惡(태산불립호오) 故能成其高(고능성기고), 江海不擇小助(강해불택소조) 故能成其富(고능성기부)."

#104

꿈에 떡 얻어먹기

어머니가 말씀하셨다.

"꿈에서 떡 얻어먹기보다 드문 일이지."

아, 그 시대 사람들에게는 꿈에서 떡을 얻어먹는 일조차 아주 드물게 만나는 횡재였구나.

#105 울지 마라

함부로 울지 마라.
두들기면 더 깊이 박혀
쉽게 뽑히지 않는
말뚝이라도 되어야 한다.

그런데
내가 아는 강한 사람들은
잘 울었다.
"울지 마라, 울지 마라" 하면서
자꾸 울었다.

#106 나눠 먹어야

사람이
혼자 먹는 것은
좋지 않다.

나눠 먹어야지.

아버지는 말씀하셨다.
"콩 한 알이 생겨도 형제간에 나눠 먹어라."

#107 아류

밀란 쿤데라는 소설 『불멸』(청년사, 1992)에 이렇게 썼다.

"아류들이란 언제나 자기들에게 영감을 준 자들보다 더욱 급진적인 법이다."

루쉰魯迅(1881~1936)은 아류를 통해 '버림받는 선각자'를 보았다.

"만일 공자나 석가, 예수 그리스도가 아직도 살아 있다면 그들의 신도들은 공포를 느낄 것이다. 그들의 행위에 대해 교주 선생이 어떻게

개탄할지 알 수 없기 때문이다. 그러므로 만일 그들이 살아 있다면 그를 박해하는 수밖에 없을 것이다.

위대한 인물들이 화석으로 되어, 사람들이 모두 그를 위대하다고 찬양할 때, 그는 이미 꼭두각시로 변해버린다."

- 루쉰, 『아침꽃을 저녁에 줍다』(도서출판 창, 1991) 「꽃 없는 장미」 편에서

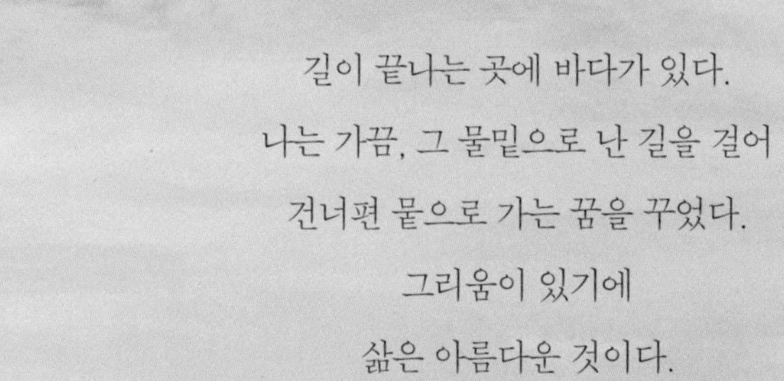

길이 끝나는 곳에 바다가 있다.
나는 가끔, 그 물밑으로 난 길을 걸어
건너편 뭍으로 가는 꿈을 꾸었다.
그리움이 있기에
삶은 아름다운 것이다.

I08 새해 첫 일몰

새해 일출은 아니 보고 일몰을 보았다.
커다란 황금 덩어리가 하늘에서 뚜욱 떨어지는 것 같았다.
마음속으로 가만히 빌었다.

"어느 착한 가난한 이가 주워가기를!"

- 2019년 1월 1일 해질녘, 서울 한강에서

#109 속이 보이는가

“나는 당신들이 산 가까운 주거지역에 우리를 정착시키려 한다는 소식을 들었다. 나는 한자리에 머물고 싶지 않다. 나는 초원을 떠돌아다니고 싶다. 그곳에 있으면 나는 자유롭고 행복하다. 그러나 한자리에 있게 되면 우리는 창백해져 죽어버린다. 나는 내 창과 활 그리고 방패를 내려놓지만 당신들 앞에서 안전한 느낌을 가진다.
나는 사실을 말했다. 나는 나에 관해 숨기고 거짓말한 것이 없지만 백인 대표들은 어떤지 모르겠다. 그들도 나처럼 속이 훤히 보이는가?”

– 디 브라운 지음, 최준석 옮김, 『나를 운디드니에 묻어주오』, 나무 심는 사람, 2002에서 카이오와족 사탄타의 말.

북미 원주민들이 백인들에게 요구한 것은 정말 간단했다. 초원을 떠돌며 살고 싶다고. 얌파리카 코만치족의 파라와사멘(열마리 곰)도 비슷한 말을 했다.

"나는 바람이 거칠 것 없이 불어오고 햇빛을 가리는 것이라곤 아무것도 없는 평원에서 태어났다. 그곳은 울타리도 없고 모든 것이 자유로운 숨을 쉬는 곳이다. 벽 안에 갇혀서 죽기보다는 거기서 죽고 싶다."

원주민들은 자신의 속을 다 훤히 드러내보였다. 그러나 백인들은 인디언의 솔직함을 그들을 몰아내고 잡아가두고, 살육하는 데 악용했다.

당신은 속이 훤히 보이는 사람인가?

#110 나에겐 꿈이 있습니다

미국 독립선언문엔 이렇게 쓰여 있다.
"모든 인간은 평등하게 창조되었다. 인간은 창조주에 의해 그 누구에게도 빼앗길 수 없는 확실한 권리를 부여받았다. 그중에는 생명, 자유, 그리고 행복 추구의 권리가 있다."

미국의 흑인 민권운동가 마틴 루터 킹 목사는 말했다.
"이것(독립선언문 1장)은 몇몇 사람이라 하지 않고 모든 사람이라고 했다. 이것은 모든 백인이라고 하지 않고 모든 인간이라고 했다. 즉 흑인도 포함된다."

- 1961년 6월 6일 펜실베이니아 링컨대학에서 한 연설, 'The American Dream'

킹은 '나에겐 꿈이 있습니다'란 유명한 연설에서 이렇게 말했다. "나에게는 꿈이 있습니다. 조지아 주의 붉은 언덕에서 노예의 후손들과 노예 주인의 후손들이 형제처럼 손을 맞잡고 나란히 앉게 되는 꿈입니다."

– 1963년 8월 28일 워싱턴 행진에서 한 연설 'I have a dream'

1964년 노벨 평화상을 받는 자리에서 킹은 인류가 직면한 3대 문제로 인종차별과 빈곤, 전쟁을 꼽았다. 존 바에즈는 킹의 '나에겐 꿈이 있습니다'라는 연설 뒤, '우리 승리하리라We shall overcome'라는 노래를 불렀다. 25만 군중이 노래를 따라 했다. 그러나, 인류는 아직 이 세 가지 투쟁에서 승리하지 못하고 있다.

#111

용서도 힘이 있어야 할 수 있다

혜린과 태수를 떼어놓기 위해, 혜린의 아버지 윤회장은 태수를 삼청교육대°에 보내버렸다.

혜린은 아버지와 흥정을 한다.

태수를 빼내 달라고, 그러면 다시는 만나지 않겠다고.

그리곤 다시 확인한다.

"(태수를 삼청교육대에 보낸 건) 아버지가 시킨 일이죠?"

아버지는 그렇다고 대답한다.

혜린은 잠시 눈을 감았다 떴다.

목이 잠긴 혜린이 말한다.

° 1979년 12월12일 군사 쿠데타로 실권을 장악한 전두환 주도의 군부정치 세력이 1980년 5월 17일 비상계엄을 전국으로 확대한 뒤, 사회 정화 정책의 일환으로 군부대 안에 설치한 기관의 이름이다. 폭력범과 사회 풍토 문란 사범을 소탕한다는 명목으로 수만 명을 잡아다 가혹한 육체적 고통을 가했다. 현장에서 52명이 죽고, 후유증으로 397명이 사망했다.

"아버질 절대 용서할 수 없을 거예요."

현실의 냉정함을 아는 윤회장에게는 그런 딸이 철없게 느껴질 뿐이다.

"용서도 힘이 있어야 할 수 있는 거야! 힘도 없으면서 용서를 하구 말구 해? 말루만? 이제부터 넌 힘이 뭔지부터 배워야 할 거다."

-1995년 서울방송(SBS)이 방영한 『모래시계』 12회 대사 중에서

량자웨이(왕가위) 감독의 영화 『일대종사』에서 예원(葉問, 엽문)은 이렇게 말했다.

"공부功夫가 얼마나 깊은지, 사부가 얼마나 대단한지, 문파가 얼마나 심오한지 나에게 말하지 마라. 공부, 이 두 글자는 바로 '횡橫(가로누움)'과 '수垂(바로 서 있음)'로 말할 수 있다. 즉 패자는 쓰러지고, 승자만이 비로소 말할 자격이 있는 것이다."

예원은 냉정한 힘의 세계를 이야기했지만, 마틴 루터 킹은 '사랑, 정의, 권력'의 관계를 말했다.

"사랑 없는 권력이란 무모하고 사나운 것이며, 권력 없는 사랑은 감상적이며 빈혈증 같은 것이 되기 쉽다. 가장 적극적인 의미에서 힘이란 정의에 대한 요구를 실천에 옮기는 사랑이다. 가장 적극적인 의미에서 정의란 사랑에 반대되는 모든 것을 바르게 사랑하는 것이다."
(『Where do we go from here?』, 1967)

#112 정치인 시험

정치는 그 사회 구성원들의 온갖 욕망이 흘러드는, 일종의 하수구 같은 곳이다. 그런 까닭에 그 안에 들어가면, 누구도 깨끗함을 유지하기가 어렵다. 그래도 우리는 제대로 된 정치인을 갈구한다.

버트란트 러셀은 『게으름에 대한 찬양In Praise Of Idleness』에서 이렇게 썼다.

"증권거래소에서 일할 사람에겐 고대 그리스 시 시험을 치러 합격자를 뽑고, 정치가들은 반드시 역사와 현대소설에 상당한 지식을 갖추게 한다면 세상은 얼마나 유쾌할 것인가."

나는 식물 이름 알아맞히기나 구두 닦기 시험 쪽이 훨씬 낫다고 생각한다.

#113

깨끗한 손, 더러운 손

예수를 십자가에 내어주기로 결정한 로마의 유대 총독 폰티우스 필라투스(본디오 빌라도)가 곧바로 한 일은 손을 씻는 일이었다.
우리는 누구나 깨끗한 손을 갖고 싶어 한다. 장 폴 사르트르는 '깨끗한 손'에 이의를 제기했다.

"넌 정말 네 순수성에 집착하는군. 정말 손을 더럽히는 것을 무서워하는군. 그렇다면 그래도 좋아. 그러나 그것이 누구에게 유용해? 그렇다면 왜 우리들한테 왔어? 순수함이란 바라문승이나 수도승의 사상이야. 너희들 인텔리나 부르주아의 아나키스트들은 순수함을 구실로 해서 아무 일도 안 해. 아무 일도 안하고 잠자코 있고, 팔짱을 끼고 장갑을 끼고 있는 일, 그것이 너희들의 이상이야.

난 더러운 손을 하고 있어. 팔꿈치까지 더러워. 난 양손을 똥이나 피 속에 집어넣었어. 그래 그것이 어떻다는 거야? 넌 결백한 정치를 할 수 있다고 생각하고 있나?"

에드레르는 위고에게 이렇게 덧붙였다.
"넌 인간을 사랑하고 있지 않아, 원칙만 사랑하고 있어."

– 장 폴 사르트르, 희곡 『더러운 손』에서

#114

큰 선은 비정함을 닮았다

"작은 선은 큰 악을 닮았고, 큰 선은 비정함을 닮았다."°

이나모리 카즈오盛和夫 전 일본 교세라 명예회장의 말이다.
자잘한 인정을 베푸는 것이 상대를 오히려 망치게 할 수도 있고, 진정으로 상대를 위해 엄격하게 행동하는 것이 인정머리 없는 일로 비칠 수 있다는 말이다.

° 小善は大悪に似たり, 大善は非情に似たり.

#115 신념

1945년 11월 23일 임시정부 주석이던 백범 김구는 김규식 부주석, 이시영 국무위원 등 14명과 함께 C-47 수송기를 타고 김포 비행장에 내렸다. 임시정부 주석 자격이 아니라, 개인 자격이었다.
혼란한 국내 정세에 시름이 깊던 백범은 전날 밤 임시정부 요인들이 모인 자리에서 붓을 들어 이렇게 썼다.

불변응만변不變應萬變

'변치 않는 한 마음으로 온갖 세상의 변화에 대응한다'는 뜻이다.
불변응만변不變應萬變은 중국 국민당 주석 장개석의 말이다.°

° 1947년 국내에서 출간된 『백범일지』에 백범이 자필 서명해 '권성집 동지'에게 준 책을 한 개인 소장가가 갖고 있다. 백범은 이 책에 붓글씨로 '불변응만변'이라고 쓰고, 이것이 장개석의 주장主張이라고 덧붙여두었다.

백범은 나라의 분단을 용납할 수 없어 온몸으로 저항하다가 암살 당했다.

님 웨일즈가 쓴 『아리랑』의 주인공 김산(본명 장지락)은 결이 다른 말을 남겼다.
"정신적으로 강하다는 건 완고한 우둔함 속에 있는 것이 아니라, 상황 변화에 맞춰 변화할 수 있는 능력 가운데 있다."
김산은 사람들이 변화를 따라가지 못하고 영광스런 지난날에 대한 향수에 빠져 있다가는 결국 수모를 당할 것이라고 했다.

신념은 지키기도 어렵지만, 바꾸기도 쉽지 않다.

#116

바람이 나를 데려가게 해주세요

이란에서 태어나 자란 레이하네 자바리Reyhaneh Jabbari는 2014년 10월 25일 스물여섯 살의 나이로 세상을 떠났다. 교수형이었다.

스스로 돌아보기를, '모기 한 마리 죽인 일이 없고, 바퀴벌레도 (죽이지 못하고) 집어서 밖으로 내던지는 게 고작'이었던 그는 열아홉 살이던 2007년 어느 날 밤, 자신을 성폭행하려던 한 남자의 등을 흉기로 찔렀다. 남자는 죽었고, 자바리는 체포됐다.

남자는 전직 정보기관원이었다. 인테리어 디자이너인 자바리는 몇 해 동안 버려져 있던 건물에 사무실을 새로 꾸며달라는 부탁을 받고 막 일을 시작한 참이었다. 자바리는 성폭행에 저항하는 과정에서 그 남자를 찌른 사실을 인정했다. 하지만 당시 집에 다른 사람이 1명 더 있었고 그가 살해범이라고 했다.

자바리는 2개월간 가족이나 변호인 접견을 금지 당했고, 수사 과정에서 고문을 당했다. 수사기관은 제3의 인물에 대해선 전혀 조사하지 않았다. 사용한 흉기가 사건 이틀 전 자바리가 산 것이라는 점을 근거로 법정은 유죄를 선고했다. 그리고 끝내 사형을 확정했다.

자바리는 어머니에게 보낸 편지에 '사건이 일어난 소름 끼치는 그날 밤 차라리 내가 살해당했다면 좋았을 것'이라고 썼다.

"(재판 과정에서) 나는 울지도 않았고, 용서를 구걸하지도 않았어요. 왜냐하면 법을 믿었기 때문이에요. (…) 그러나 이란이라는 나라는 나를 필요로 하지 않았어요."

인권단체의 구명운동도 소용이 없었다. 어머니와 한 시간 짧은 면회 뒤, 교수형이 집행됐다.
그해 4월 사형이 돌이킬 수 없음을 알고, 자신의 모든 장기를 필요한 사람에게 선물로 주라고 유언한 자바리는 어머니에게 간절히 부탁했다.

"와서 슬퍼하고 괴로워할 묘지를 만들지 말고, 상복도 입지 말고, 내가 고통을 겪은 나날들을 애써 잊고, 바람이 나를 데려가게 해주세요(Give me to the wind)."

#117

죽은 이는 부디 눈을 감고

제주시 애월읍 하귀리는 일제강점기에 제주도 안에서 가장 많은 항일운동가를 배출한 곳이다. 제주 4 · 3 때는 320명에 이르는 인명이 희생됐다.

마을 사람들은 하귀리 발전협의회를 중심으로 일제 시기 항일운동가, 4 · 3 희생자, 한국전쟁 전후 호국영령 등을 한 곳에 모셔 추모하기로 하고 영모원 조성에 나서 2003년 5월 27일 제막식을 가졌다.

4 · 3 희생자 위령비 비문에 이렇게 썼다.

"지난 세월을 돌아보면 모두가 희생자이기에 모두가 용서한다는 뜻으로 모두가 함께 이 빗돌을 세우나니 죽은 이는 부디 눈을 감고 산 자들은 서로 손을 잡으라."

#118

철의 여인

2000년 11월 2일, 인도 동북부 마니푸르 주의 말롬이란 마을에서 인도군이 버스 정류장에 있던 민간인들에게 총격을 가했다. 어린이를 포함해 죄 없는 민간인 10명이 목숨을 잃었다.
군인들은 처벌받지 않았다. 분리파와 내전이 벌어지고 있던 동북부 7개 주에는 군사특별권한법에 따라 군인들에게 면책특권이 주어져 있었기 때문이다. 이 지역에선 군인들이 민간인을 살해하고 부녀자를 성폭행하는 일이 잦았다.
군의 민간인 살해 사건이 일어나고 사흘 뒤, 샤르밀라는 선언했다.

"이 잘못된 법이 폐지될 때까지 나는 먹지도, 마시지도, 머리를 빗지도, 거울을 보지도 않겠다."

인도 정부는 자살기도죄로 그를 체포했다. 코에 튜브를 끼워 강제로 영양을 공급했다. 1년의 형기가 끝나면 다시 체포해 가두기를 14차례나 반복했다.

2016년 8월 9일, 샤르밀라는 15년 9개월간 계속해온 단식을 멈췄다. 홀로 하는 싸움 대신, 주의회 선거에 나가 민주적으로 싸우겠다고 했다. 손가락으로 꿀 한 방울을 찍어 혀에 대며 눈물을 흘리던 샤르밀라에게 기자가 소감을 묻자 이렇게 답했다.

"이 순간을 절대 잊지 않겠습니다."

사람들은 샤르밀라를 '철의 여인'이라 했지만, 영국 BBC 방송은 그가 친구들에게 한 말을 이렇게 전했다.

"나는 보통의 바람을 가진 보통 여자다. 맛있는 것도 먹고 싶고."

아, 사람아….

#119

세상의 진실

후세 다쓰시 변호사가 일본 천황을 암살하려 한 혐의로 기소된 박열의 변호를 맡기로 했다.

후세 변호사가 박열에게 말했다.

"이 사건은 누가 봐도 조작됐어. 기소 중지시키겠네."

박열이 답했다.

"필요 없습니다. 혐의를 인정했습니다."

"대역죄는 사형뿐일세. 그냥 사상범이 아니야."(후세)

"사형이 무서워서 할 말 못 합니까?"(박열)

"세상의 진실에 깊숙이 들어가는 자는 일찍 죽는다네."(후세)

- 이준익 감독의 영화 『박열』에서

신의 영역에 도전하는 자는 위태롭다. 그러나 용기 있는 자들은 결국 그 길을 간다. 평화 사상에 일찍 눈을 뜬 후세 다쓰시布施 辰治(1880~1953)는 사법관 시험에 합격해 검사 시보로 일하던 중 연인과 동반자살을 시도하다 미수에 그친 사람을 살인 미수 혐의로 기소해야 하는 현실에 회의를 느껴 검사가 되는 길을 포기하고, 인권변호사로 일생을 살았다.

일본인과 조선인을 차별하지 않고, 많은 조선인 독립운동가들의 변호를 맡았다.

#120 경지에 이르면

문장이 경지에 이르면
어떤 기발함이 있는 게 아니라,
알맞을 뿐이다.

인품이 경지에 이르면
남다른 특이함이 있는 게 아니라,
본래 모습이 드러날 뿐이다.

-『채근담採根談』에서

I2I 뜨는 해, 지는 해

"오전 10시의 태양과 오후 2시의 태양은 하늘에 떠있는 높이가 비슷하다.
그러나 하나는 아직 떠오르는 태양이요,
다른 하나는 이제 지는 태양이다."

그대의 태양은 지금 어디쯤 떠 있는가?

2013년 1월 5일, 가이에다 반리 당시 일본민주당 대표가 TBS 방송에 나와 일본 민주당의 역사를 말하면서, "태양의 높이로 보면, 똑같

이 보인다. 당시(민주당 결성 당시인 1996년)에는 오전 8시, 9시의 태양이고, 지금은 오후 2시 정도의 태양이다"라고 말했다.

일본민주당은 2012년 12월 중의원선거에서 57석을 얻어, 의석이 4분의 1로 쪼그라들었다. 창당 때의 52석과 거의 비슷했다. 1998년 4월 창당해 만년 여당 자민당을 누르고 사상 처음 정권교체를 이뤘던 일본민주당은 그 뒤에도 지지율이 하락한 끝에 2016년 2월 해산했다.

해 지는 거 순식간이다.

#122 유명해지는 걸 두려워하라

"사람은 이름나는 것이 두렵고(人怕出名),
돼지는 살찌는 것이 두렵다(豬怕壯)."

중국 국가주석 시진핑이 즐겨 말했다는 중국 속담이다.
두각을 나타내는 사람은 자그마한 잘못으로도 남에게 미움을 받게 마련이다.
번역을 이렇게 바꾸는 것이 좋겠다.

"돼지는 살찌는 것을 두려워하고,
사람은 유명해지는 것을 두려워해야 한다."

#123 어머니 무릎에 오르는 아이처럼

히말라야 산맥의 에베레스트는 해발고도 8,848미터로 지구에서 가장 높은 산봉우리다. 애초 티베트 사람들은 초모룽마, 네팔 사람들은 사가르마타로 불렀는데 영국 측량국장 조지 에베레스트에서 이름을 따 에베레스트가 되었다.
1953년 5월 29일 오전 11시 30분, 뉴질랜드 양봉가 출신의 산악인 에드먼드 힐러리와 티베트계 네팔인 셰르파 텐징 노르가이가 세계 최초로 에베레스트 정상에 발을 들여 놓았다.

존 헌트 대령이 이끄는 영국 9차 원정대는 400명에 육박하는 짐꾼과 셰르파들이 장비와 식량을 운반할 정도로 대규모로 구성됐다. '1차 정상 등반조는 영국인이어야 하며, 엘리자베스 여왕 대관식 이전에 등반에 성공해야 한다'는 명령을 받았다.

뉴질랜드 출신의 힐러리는 1차 등반조에는 낄 수조차 없었다. 그런데 1차 정상 등반조가 실패하자, 헌트 대장이 힐러리와 세르파 텐징으로 2차 등반조를 구성함에 따라, 힐러리는 정상에 도전할 수 있는 기회를 얻었다.

오전 11시쯤 정상 바로 밑에 먼저 도착한 것은 텐징이었다. 텐징은 지쳐서 뒤에 처진 힐러리가 올 때까지 정상 바로 아래서 30분을 기다렸다. 마침내 힐러리가 올라왔다. 텐징은 정상까지 마지막 몇 걸음을 남겨놓고 힐러리에게 '영광을 양보'했다.

그들은 15분간 정상에 머물렀다. 텐징이 사진기를 사용할 줄 몰라서, 힐러리가 찍은 피켈을 든 텐징의 사진만이 남았다.

나중에 힐러리와 헌트는 기사 작위를 받았다. 텐징은 조지십자훈장을 받았다.

기자들이 세계 최초로 에베레스트의 정상을 밟은 소감을 물어보자 텐징은 이렇게 대답했다.

"내가 할 말을 산의 정상에 두고 내려왔기 때문에 할 말이 없습니다."

텐징은 자서전°에 이렇게 썼다.

"나는 일곱 번 도전했다. 돌아왔고, 다시 도전했다. 나는 적을 대하는 군인으로서 긍지나 힘이 아니라, 어머니 무릎에 오르는 '아이의 사랑'을 갖고 산에 올랐다."(Seven time I have tried; I have come back and tried again; not with pride and force, not as a soldier to an enemy, but with love, as a child climbs to the lap of its mother.)

티벳어 초모룽마Chomolungma는 신성한 어머니Holy Mother를 뜻한다.

° James Ramsey Ullman, 『Man of Everest: The Autobiography of Tenzing』

#124

비우기의 어려움

시인 공초 오상순(1894~1963)은 사람을 만나면 꼭 이렇게 인사를 했다고 한다.

"반갑고, 고맙고, 기쁘다."

따뜻해서 아름다운 인사말이다.
소유에 대한 집착이 없던 그이는 아호 공초空超 대신 '꽁초'라는 별호로 불렸을 만큼 담배를 좋아했고, 평생 집도 없이 담배연기처럼 살았다.
그이는 세상을 떠나던 날 이렇게 말한 것으로 전해진다.

"자유가 일생을 구속하였구나."

말장난일까?

아니면, 자유로우려는 몸부림도 또 하나의 속박이었다는 고백인가?

시인 황지우는 산문집 『사람과 사람 사이의 신호』(한마당, 1993)에서 이렇게 썼다.

"일체의 욕망 다 끊고 한 소식 얻겠다고 산방山房에 틀어 앉아 있는 것도 엄청난 욕망이다."

#125 LOVE

그이를 알게 된 지 얼마 지나지 않은 어느 날,

함께 커피를 마셨다.

그이는 어떤 글자 무늬가 잔뜩 박힌 옷을 입고 있었다.

자세히 보니, LOVE였다.

\# 126

보답

부처님께서 벽라에게 이르셨다.

"무릇 사람의 행위란, 그림자가 몸을 따르듯, 산울림이 소리에 따르듯, 보답이 안 따름이 없느니라."°

『천왕태자벽라경』의 한 구절이다.

불교의 세계관에 따르면, 착한 일에 대한 보답만 있는 것이 아니라 나쁜 일에 대한 보답도 있다. 인과응보因果應報라 한다.

° 한용운 편찬, 이원섭 역주, 『불교대전』(현암사, 1997)

#127 5할 타자는 없다

미국 프로야구 메이저리그 보스턴 레드삭스 소속으로 뛰던 테드 윌리엄스(1918~2002)는 1941년 정규시즌 마지막 두 경기를 남겨둔 상황에서 타율이 0.3996이었다. 반올림해서 4할로 인정받을 수 있는 상황이었다.

마지막 두 경기는 더블헤더(같은 날 두 경기를 연속으로 진행하는 것)로 치러지게 됐다. 주변에서 윌리엄스에게 그냥 벤치에서 지켜보고, '4할 타자'의 타이틀을 유지하는 게 어떠냐고 말했다.

감독도 출전을 말렸다. 그러나 윌리엄스는 출전하기를 고집했다. 그리고 8타수 6안타를 쳤다. 그의 최종 타율은 0.406, 4할대로 완벽하게 진입했다.

미국 메이저리그에서 4할 타자는 모두 28명이 나왔다. 테드 윌리엄스의 기록은 1923년 이후 18년 만에 나왔다. 그런데, 윌리엄스 뒤로는 2018 시즌까지 77년 동안 4할 타자가 더는 나오지 않고 있다.

이강백은 『일이 모두의 놀이가 되게 하라』(착한책가게, 2018, 133쪽)에서 이렇게 썼다.

"야구에서 아무리 위대한 타자도 5할 타자는 없다. 성공보다 실패가 많은 것이다. 실패는 언제나 성공보다 많다. 그게 정상이다."

#128 오늘이 그날

레오 카락스 감독의 영화 「퐁네프의 연인들」(1991)은 사랑을 잃고 거리를 방황하며 그림을 그리는, 시력을 잃어가는 여자 미셸(줄리에뜨 비노쉬 분)과 폐쇄된 센느강 위의 다리 퐁네프에서 지내는 뜨내기 곡예사 알렉스(드니 라방 분)의 사랑 이야기다.
미셸은 눈 수술을 위해 집으로 돌아가고, 알렉스는 방화죄로 감옥에 갔다.
3년 뒤 크리스마스에 퐁네프에서 둘이 재회했을 때, 미셸이 '행복한 사람 이야기'를 했다.

"카페에 두 남자가 있었어. 둘은 매우 취해 섹스에 대한 이야기를 했어. 첫 번째 남자는 '난 2주일에 한 번씩 하지', 두 번째 남자는 '난 한 달에 한 번 하지'라고 말했어. 둘은 만족하지 않은 얼굴이었어. 이때 혼자 커피를 마시던 세 번째 남자가 크게 웃었어. 두 사람은 왜 웃는지 이상했지. 그래서 두 사람은 '얼마나 자주 섹스를 하느냐'고 물었어. 그러자 그 남자는 아주 유쾌하게 '3년에 한 번씩 하죠'라고 대답했어.
'뭐라고? 3년에 한 번씩? 그런데 왜 당신은 그렇게 행복한 얼굴이죠?'라고 물으니, 세 번째 남자가 대답했어.

왜냐면, 오늘이 바로 그날이거든."

하루하루, 오늘이 바로 그날인 것처럼 살 일이다.

#129

천국엔 술이 없다

"천국엔 맥주가 없어.
그러니까 살아 있을 때 마시자.
우리가 이 세상을 떠나고 난 뒤엔
우리 친구들이 다 마셔버릴 거야."°

「천국엔 맥주가 없어In heaven there is no beer」는 오스트리아의 영화 감독 에른슈트 노이바흐Ernst Neubach와 랄프 마리아 시겔Ralph Maria Siegel이 1956년에 만든 「보덴호의 어부들Die Fischerin vom Bodensee」이란 영화의 배경음악으로 작곡된 곡이다.

° In heaven there is no beer. That's why we drink it here (Right Here!) and when we're gone from here, our friends will be drinking all the beer!

1984년 레스 블랑크가 만든 폴카에 관한 다큐멘터리 영화「천국에도 맥주가 있을까?In heaven there is no beer?」에도 쓰였다. 이 다큐멘터리는 1985년 선댄스 영화제 심사위원 특별상을 받았다.

'물만 끓일 줄 알면 맥주를 만들 수 있다'는 광고 문구에 혹해, 내가 수제 맥주를 만들어 마시기 시작한 지 꽤 오래 되었다.
맥주가 없다면 천국에 가고 싶지 않다.

#130

잘 될 거야

잇큐 소준一休宗純(1394~1481)은 일본 무로마치 시대 임제종의 승려다. 고코마쓰 천황의 사생아로 태어나 어려서 승려가 되었다. 종파 갈등을 초월한 큰 스님으로 알려져 있다.

87살에 세상을 뜰 때, 제자들에게 "나중에 아무리 해도 곤혹스럽고, 고통스러운 때가 오면 열어보라"며 봉투 하나를 건네주었다.

몇 년이 지난 뒤 제자들이 너무도 곤혹스런 상황에 처해, 스승의 지혜를 빌리려고 봉투를 열어보았다.

봉투 안에 담긴 종이에는 이렇게 쓰여 있었다.

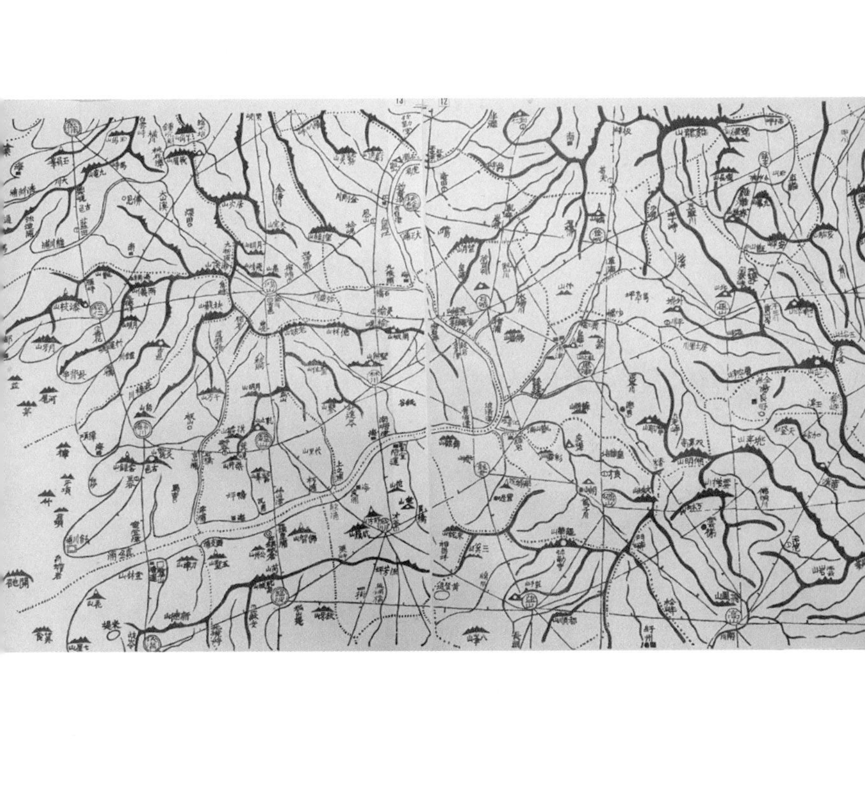

"걱정하지 마라. 괜찮아. 잘 될 거야."

그의 법명이 '잠깐의 휴식一休'이 된 것은 스승이 내린 공안公案(화두)에 대해 그가 대답한 시에서 딴 것이라 한다.

"번뇌의 세계에서 해탈의 세계로 돌아가는 도중 잠깐의 휴식, 비가 내리면 어떻고, 바람이 불면 어떤가."

#131 죽고 싶지 않아

우고 차베스Hugo Rafael Chavez Frias(1954~2013)는 뜨거운 사람이다. 1954년, 베네수엘라 서부 도시 사바네티Sabaneta에서 가난한 초등학교 교사 부부의 둘째 아들로 태어나, 육군사관학교를 졸업했다. 1983년 '혁명 볼리바르 운동'을 조직하여, 1992년 2월 젊은 장교들과 함께 페레스Perez 대통령이 이끄는 부패 정권을 무너뜨리려고 군사쿠데타를 일으켰다가 실패하여 2년 동안 옥살이를 했다. 1998년 다른 좌파 정당들과 연합하여 애국전선을 결성해, 그해 연말 대통령선거에서 56%의 지지를 얻어 당선했다. 쿠데타로 이틀간 대통령직에서 물러난 일도 있지만, 2013년 사망할 때까지 4선에 성공하며 14년간 장기 집권했다.

차베스는 미국이 주도하는 세계 질서와 신자유주의에 반대하는 정책을 폈다. 베네수엘라 수출액의 80%를 차지하는 석유를 이용해 무상 교육과 무상 의료정책을 시행해 빈민층의 폭넓은 지지를 받았다. 차베스는 2013년 1월 재취임하여 2019년까지 대통령직을 맡을 예정이었다. 그러나 암 투병 끝에 2013년 3월 5일 사망했다.

그는 쿠바에서 4번째 암수술을 받고 귀국해, 2012년 12월 18일 마지막 트윗을 날렸다.

"여전히 예수님께 의지하고 있습니다. 의사와 간호사들을 믿습니다. 영원한 승리를 향해! 살 것이고 이겨낼 것입니다!"

AP 통신은 차베스 대통령의 경호실장인 호세 오르네야의 말을 빌어, 차베스의 마지막 순간을 전했다. 차베스는 제대로 말하기가 어려웠지만 입술을 겨우 움직여 이렇게 말했다고 한다.

"나는 죽고 싶지 않아. 제발 날 죽지 않게 해줘."

죽음은 우리 모두가 결코 피할 수 없는 숙명이다. 그러나 우리에겐 삶을 끝까지 붙잡아야 할 의무가 있다.

#132 죽기도 쉽지 않다

매천 황현(1855~1910)은 대한제국 말기에 전라도 광양에서 살았다. 벼슬하지 않은 초야의 선비로서 당대의 많은 지식인과 교유하였고, 당대의 일을 기록한 『매천야록』, 『오하기문』 등의 책을 남겼다.
1910년 나라가 일본에 강제로 합병되자, '절명시 4수'를 짓고 자식들에게는 이런 글을 남겼다.

"나는 죽어야 할 의리는 없다. 다만 국가에서 선비를 길러온 지 500년이 되었는데, 나라가 망한 날을 맞아 한 사람도 국난國難에 죽지 않는다면 어찌 통탄스러운 일이 아니겠느냐? 내가 위로는 하늘로부터 타고난 양심을 저버리지 않고, 아래로는 평소에 읽은 글을 저버리지 않고 영원히 잠든다면 참으로 통쾌할 것이니, 너희들은 너무 슬퍼하지 말거라."

황현이 이 글을 다 쓰고는 바로 독약을 마셨는데, 다음 날에야 가족들이 발견했다. 동생 황원이 급히 달려가 보고는 할 말이 있는지 묻자, 황현이 웃으며 이렇게 말했다고 한다.

"내가 무슨 말을 하겠느냐? 다만 내가 써놓은 글을 보면 알 것이다. 그러나 죽는 것은 쉽지 않은가 보다. 독약을 마실 때 세 번이나 입을 댔다 뗐으니, 내가 이렇게 어리석었단 말인가?"

황현의 벗 김택영이 『매천집』을 편찬하면서 서문에 남긴 기록이다.

I33

우리 모두 늙고 죽는다

문학평론가 이어령 선생은 '삶은 끝없는 헤어짐의 연속'이라고 했다.
엄마의 탯줄을 끊고 독립하는 것을 시작으로.
그러므로 "죽음을 생각하는 삶이 중요하다"고 충고했다.

–『중앙일보』 2019년 1월 8일치 인터뷰

그는 이렇게도 말했다.

"세상에 천재 아닌 사람이 어디 있어요?
모든 사람은 천재로 태어나고
그 사람만이 할 수 있는 일이 있어요."

"젊은이들의 가장 큰 실수는
자신은 늙지 않는다고 생각하는 거예요.
젊은이는 늙고 늙은이는 죽어요."

– 『sellev』 2018년 5월 21일

#134 죽음 앞에 선 인간

아테네 젊은이들의 영혼을 타락시켰다는 죄목으로 사형을 선고받은 소크라테스는 독배를 피하지 않고 당당히 죽음을 맞았다. 제자에게 남긴 그의 유언은 "아스클레피오스 신께 닭 한 마리를 바쳐야 할 빚이 있으니 대신 갚아 달라"는 것이었다.

고려의 정몽주는 이성계의 역성혁명을 반대하고 철퇴를 맞는 길을 택했다. 세조의 쿠데타에 반기를 들었다가 능지처참을 당한 성삼문, 순교자 김대건 신부, 갑오농민혁명의 지도자 전봉준, 이토 히로부미를 저격한 안중근 등도 뜻을 꺾지 않고 당당한 죽음으로 삶을 완성했다. 큰길을 걷다 간 이들은 살아 있는 동안만이 아니라 죽음의 과정을 통해서도 그렇게 세상에 큰 울림을 남긴다.

어제 우리 곁을 영원히 떠난 김대중 전 대통령은 1980년 광주 민주화운동과 관련해 내란 혐의로 군사법정에서 사형을 선고받았다. 타협하고 영화를 나눠 가질 수도 있었겠지만, "국민을 배신할 수는 없었다"고 그는 술회했다. 이미 죽음까지 경험한 그였기에 자신을 죽이려 했던 이들을 다 용서할 수 있었으리라. 정치와 권력의 생리를 누구보다도 잘 아는 김 전 대통령은 얼마 전 벼랑 위에서 스스로 몸을 던진 노무현 전 대통령의 죽음에 대해 "강요된 거나 마찬가지다"라고 평가했다. 그럼에도 "삶과 죽음이 다 자연의 한 조각 아니겠는가"라며 "슬퍼하지 말라"던 노무현 전 대통령의 유언 또한 범인의 경지를 훌쩍 뛰어넘었다.

중국 북송 때 사람 소동파는 왕안석의 개혁정책에 반대하다 십여 년을 귀양살이로 보냈다. 죽기 두 달 전에야 그는 겨우 유배에서 풀려났다. 죽음을 목전에 두었을 때 옛 친구가 "저승에 가기 전에 염불이라도 외워보라"고 하자 그는 이렇게 말했다고 한다.

"『고승전』을 읽어보았는데, 그들도 결국엔 다들 죽었다는군."

그렇다. 별들도 언젠간 떨어지고, 우리도 모두 죽는다.°

° 2009년 8월 24일, 『한겨레』 칼럼 유레카 '죽음 앞에 선 인간'

#135 삶은 보물이다

류큐국은 조선, 월남(베트남)과 함께 중국(청나라)의 3대 조공국이었다.

쇼타이는 류큐국(현 일본 오키나와) 제2 쇼씨 왕조의 19대 왕이다. 1848년 아버지 쇼이쿠 왕이 사망하자 다섯 살의 어린 나이로 왕위에 올랐다. 1872년 일본은 쇼타이를 류큐번 왕에 책봉하고, 1879년에는 류큐번을 오키나와 현으로 바꿨다. 이로써 류큐국은 멸망하고, 모든 영토가 일본에 편입됐다. 쇼타이 왕은 나중에 도쿄로 강제이주 당했다가 후작에 봉해졌고, 1901년 58살의 나이로 세상을 떠났다.

쇼타이는 이런 말을 남겼다.

"命どぅ宝(ぬちどぅたから, 누치도 타카라)"

오키나와 말로 '삶은 보물이다'라는 뜻이다.

#136

소중한 순간

영국의 전설적인 뮤지션 데이비드 보위David bowie가 2016년 1월 11일, 18개월간의 투병 끝에 69살의 나이로 세상을 떠났다.
그와 24년을 함께 산 아내 이만 압둘마지드Iman Mohamed Abdulmajid는 보위가 세상을 떠나기 이틀 전 인스타그램에 이렇게 썼다.

"우리는 가끔 소중한 순간이 기억으로 바뀔 때까지 그 진정한 가치를 깨닫지 못한다."°

압둘마지드의 말이 맞다. 우리는 소중한 것을 잃어버리고 난 뒤에야, 비로소 그 가치를 깨닫곤 한다.

° Sometimes you will never know the true value of moment until it becomes a memory.

#137

내일도 살고 싶다

1990년 5월 7일 집에서 잠을 자던 강순철을 경찰이 체포했다. 전날 밤 친구 1명과 함께 봉제공장에 침입해 여공들을 폭행하고 공장에 불을 질러 여공 1명을 숨지게 한 혐의를 받았다.

그는 전날 밤 친구와 술을 마셔 심하게 취했다. 그 뒤의 일은 전혀 기억이 나지 않았다. 만약 자신이 그런 범죄를 저질렀다면 집에서 태평하게 잠을 잤겠냐고 강철순은 경찰에서 진술했다. 그러나 범행 현장에 함께 있었다는 친구는 그랬다고 증언했다.

1991년 4월 강순철은 방화살인죄로 사형 선고를 받았다. 범행을 자백한 친구는 무기징역으로 감형됐다.

많은 이들이 사형수 강순철의 목숨을 구하려고 나섰다.

『하루가 소중했던 사람들』을 쓴 김혜원도 그중 한 사람이다. 그러나 소용이 없었다. 1997년 12월 30일, 스물아홉 살의 강철순 등 23명의 사형수에 대한 사형이 집행됐다. 12월 18일 치러진 선거에서 사형수 출신이 대통령으로 당선되어 임기를 시작하기 직전에 이뤄진 일이었다.

사형이 집행되기 얼마 전인 12월 중순, 그는 자신을 돌봐주던 김혜원 씨에게 살 수 있다는 기대를 갖고 이렇게 말했다.

"그날 밤 별똥별이 떨어지데요. 교무과 뒤 십자가 동상 위쪽으로요. 그 별을 보면서 저는 소원을 빌었어요. '오늘도 살았으니, 내일도 살고 싶다'고."°

강철순 등 23명에 대한 사형 집행을 끝으로, 우리나라에서 더는 사형이 집행되지 않고 있다.

○ 김혜원, 『하루가 소중했던 사람들』(도솔, 2005)에서

꽃이 진다고 아쉬워 마라.

꽃이 진 자리도 꽃같이 예쁘나니…

#138 그것이 죄일까?

꽃봉오리를 꽃으로 피우고, 꽃을 열매로 맺게 하며, 열매를 먼지로 돌아가게 하는 것이 (　　)일까?
애벌레를 고치로 만들고, 고치를 나방으로 깨게 하며, 나방을 먼지로 돌아가게 하는 것이 (　　)일까?
어린애를 어른으로 만들고, 어른을 백발로 물들이며, 백발노인을 먼지로 돌아가게 하는 것이 (　　)일까?
또 먼지란 무엇일까?

막스 뮐러의 소설 『독일인의 사랑』에 나오는 구절이다.
원래 괄호 안에 들어 있던 단어는 무엇일까?
'죄'다.
왜 하필?

‘죄’라는 단어를 채워, 원래 문장을 다시 읽어본다.

꽃봉오리를 꽃으로 피우고, 꽃을 열매로 맺게 하며, 열매를 먼지로 돌아가게 하는 것이 죄일까?
애벌레를 고치로 만들고, 고치를 나방으로 깨게 하며, 나방을 먼지로 돌아가게 하는 것이 죄일까?
어린애를 어른으로 만들고, 어른을 백발로 물들이며, 백발노인을 먼지로 돌아가게 하는 것이 죄일까?
또 먼지란 무엇일까?

뮐러는 덧붙였다.
“차라리 우리는 그것을 모르며 겸허히 그것에 순종해야 한다고 말하라.”

#139 돌아오세요

감나무가 검붉은 이파리를 떨어뜨리던 그해 가을날 아침, 학동 할매는 아침상을 거절하고 그냥 누워 계시다가 감동골 아저씨를 불러 조용히 말씀하셨다.

"앞으로 이레 뒤에, 나는 자네 아버지를 따라갈라네."

할머니는 곡기를 끊었다.

이레째 되는 날, 숨이 거칠어진 할머니를 임종하려고 집안사람들이 모여들었다.

조카들, 조카며느리들도 왔다. 그이네 아이들도 와서는 이 방 저 방 뛰어다니며 소란을 피웠다.

그러자, 누워 계시던 할머니가 버럭 소리를 질렀다.

"야 이놈들아, 시끄러워서 못 죽겠다!"

그 말을 들은 조카며느리들은 손으로 입을 가리고 서로 눈빛을 나누었다. 각자 꼬마치들을 데리고 슬그머니 집으로 돌아갔다.

한 시간쯤 지난 뒤, 할머니는 할아버지 곁으로 가셨다.

마당에서 감동골 아저씨의 울음 섞인 목소리가 들렸다.

"복~, 복~, 복~"

'돌아오시라(復)'는 뜻이었다.

돌아가신 분에게.

#140

돌아가다

아버지가 돌아가시자 화장을 하여
유해를 작은 흙 항아리에 담아 밭 가운데 있는 할아버지 할머니 무덤 앞쪽에 묻었다.

작은 돌에 이런 글을 새겨 그 위에 올렸다.
"흙으로 돌아가시다."

그래, 돌아가셨지.

류경희 시인은 사람의 죽음을 이렇게 표현했다.

“죽는다는 건 눈과 체온이 같아지는 거야.
그 이상도 이하도 아니지.
멋진 일 아니야?
눈과 하나가 된다는 게.
비와도
이슬과도.[°]”

° 류경희 시인은 ‘결혼’, ‘안식휴가’ 등의 시로 2004년 『시와 세계』 신인상을 받으며 등단했다. 시집 『내가 침묵이었을 때』를 냈다. 이 글은 시인이 2019년 페이스북에 올린 것으로, 저자의 허락을 얻어 실었다.

#141

첫눈

생소나무 몇 그루 베어다

마당 가운데 불 피워놓고

밤새 눈 구경 했어요.

발이 푸욱 푹 빠지는 눈밭 거닐 듯

당신 마음속 한나절

헤매다 왔지요.